LE RENDEZ-VOUS DE VENISE

DU MÊME AUTEUR

Le Jeu de la pierre et de la foi, Gallimard, 1961.
Le Biographe, Gallimard, 1978.
L'Archéologue, Gallimard, 1979.
François Couperin, Fayard, 1980.
Versailles Opéra, Gallimard, 1981.
Rameau de A à Z, Fayard, 1983.
Vous avez dit baroque, Actes Sud, 1989.
La Belle au bois, Gallimard, 1990.
Vous avez dit classique, Actes Sud, 1991.
Lully, le musicien du soleil, Gallimard, 1992.
Héloïse, Gallimard, 1993 (grand prix du roman de l'Académie française).
Les Plaisirs de Versailles, avec la collaboration de Patricia Bouchenot-Déchin, Fayard, 1996.
Louis XIV artiste, Payot, 1998.
Stradella, Gallimard, 1999.
Le Roi-Soleil se lève aussi, Gallimard, 2000.
Le Chant d'Orphée selon Monteverdi, Fayard, 2002.

Philippe Beaussant

Le rendez-vous de Venise

roman

Fayard

On fait glisser les pages en ployant légèrement le livre ou le cahier. Elles défilent sous le pouce à toute vitesse, avec un léger bruit de frisson. On n'a pas le temps de lire et pourtant des mots, des tronçons de phrase, des bouts de ligne vous sautent aux yeux, comme on dit. Si on avait le temps, ce serait intéressant de les copier bout à bout et d'en faire un recueil à la Queneau : ce qui saute d'un livre qu'on ne lit pas.

J'ai voulu arrêter la page avec mon pouce : trop tard. Elle avait filé. «Je ne retournerai jamais à Venise…» Le doigt bloqué entre les feuillets, et les yeux, les lèvres, la tête bloqués aussi. «Venise». «jamais». «retourner». «jamais». «Venise». Incroyable…

L'incroyable était que ces mots fussent écrits de la propre main de mon oncle Charles. Sous mon pouce, ces pattes de mouche, inimitables, c'était lui : pas même tremblées par l'âge, précises, égales, scrupuleuses, minuscules. Et tandis que je faisais à nouveau glisser les pages pour retrouver la phrase qui m'avait arrêté, c'est sa voix que j'entendais, et qui colorait les mots et ces fragments de lignes que j'accrochais au passage : haut perchée, un peu nasillarde, fine comme son écriture serrée. « Un ange peint par Bellini… » « Suis-je ou non capable de… » « J'ai regardé par-dessus son épaule… »

Mon oncle Charles ne disait jamais « je ». Quand il prononçait cette minuscule syllabe, ce n'était pas pour dire « moi ». Son « je » s'effaçait aussitôt derrière quelque chose à faire, comme un ruisseau s'infiltre sous le buisson qu'il nourrit et qui naît de lui. « Je vais écrire au professeur Lambrini » : « je » avait disparu, le professeur Lambrini tenait toute la place. « Je n'en crois rien : c'est bien un dessin du Guerchin » : « je » s'escamotait derrière un ange griffonné il y a trois siècles sur un bout de papier. Dans les derniers temps, durant sa maladie, lorsque j'entrais dans sa bibliothèque et que je le trouvais dans son fauteuil, une couverture sur ses jambes, autour de son cou l'éternelle écharpe blanche qu'il ne quittait jamais, sur la table couverte de livres sa carafe d'eau à portée de la main, sa vieille pipe dans le cendrier chinois bien qu'il ne fumât plus, et que je lui disais : « Bonjour, mon oncle, comment vous portez-vous aujourd'hui ? », la réponse évacuait le « je » avant même que nous n'ayons commencé à parler de lui : « Mon cher Pierre, nous allons avoir un petit mystère à résoudre aujourd'hui. Je viens de lire que le dessin de Palma Vecchio dont nous parlions hier... » Or là, dans ce petit carnet que je venais de trouver par hasard dans ses papiers, durant le court instant où les pages avaient glissé sous mon pouce, « je » m'avait sauté aux yeux, et plus encore : un « je » coloré de regret, et qui laissait filtrer comme une émotion. « Je ne retournerai jamais à Venise »... Incroyable...

Mais ce carnet lui-même était étrange et m'avait immédiatement surpris. Les papiers de mon oncle, je les connaissais. Pendant des années j'avais compulsé, déplacé, transporté, trié, rangé, répertorié, catalogué des liasses, des piles, des montagnes de documents, de notes, de dossiers : le travail de toute sa vie, qu'il m'a laissé, avec sa table, sa bibliothèque, ses classeurs, des milliers de lettres d'éminents directeurs de musées et de professeurs de toutes les universités du monde. Ses habitudes, je les connaissais aussi, et d'ailleurs elles me simplifiaient beaucoup la tâche. Il n'écrivait jamais que sur de grands cahiers qu'il achetait en Angleterre, reliés en toile, ou bien sur des feuilles, également de format anglais allongé, de beau papier un peu fort, lisse et doux. Si par hasard il prenait une note à l'improviste, il la recopiait le soir même sur une de ses feuilles et me la donnait à ranger.

– Pierre, vous mettrez ceci, s'il vous plaît, dans le dossier « Van Dyck à Gênes » et vous ferez une petite note que vous ajouterez au classeur de la collection de Lord Stockville. Merci, Pierre.

Les dimensions du papier, la couleur des chemises, l'intitulé des étiquettes : ordre, méthode, habitudes. Manies, si l'on veut. Certains, en le regardant faire, en considérant son travail, auraient peut-être dit de lui : cet homme est un vieux maniaque. Et de moi, son neveu, son secrétaire, son assistant, son irremplaçable : c'est le maniaque en second.

Mon oncle Charles était un homme d'ordre. Il avait ressemblé dans toutes les circonstances de sa vie à ce qu'il allait être au moment de sa mort. Peut-être faudrait-il plutôt dire que la manière dont il mourut devait nécessairement être comme un concentré de ce qu'il avait été en toutes choses. Je suppose qu'il en est ainsi de toute mort, et que nous révélons alors le fond du personnage que nous avons été : si nous semblons alors différents, si la peur, la souffrance, ce qu'on appelle l'agonie, semblent nous transformer au moment du grand passage, c'est peut-être seulement que nous avions dissimulé ce que nous étions, ou que nous nous l'étions caché à nous-même, et que nous ne savions pas.

C'est l'infirmière de nuit, que j'avais rencontrée plusieurs fois lorsque je venais, tard dans la soirée, faire une courte visite à la clinique, qui m'a raconté le lendemain l'histoire de son dernier quart d'heure. On avait déjà enlevé son corps de la chambre, comme il est habituel dans ces lieux publics qui sont construits pour la mort et où pourtant on ne doit pas la voir. J'étais revenu chercher quelques affaires appartenant à mon oncle, puisque j'étais son seul descendant. J'ai croisé la jeune femme en blouse blanche dans un couloir et elle m'a reconnu. Cette jeune infirmière blonde s'était attachée à lui : sans doute parce que sous sa carapace de sévérité il était aimable et attentionné, peut-être aussi à cause de moi parce qu'il est naturel de s'intéresser à quelqu'un lorsque d'autres lui manifestent des égards et de l'attention. Je plains les gens qui sont trop seuls dans leur vie, car il n'y a aucune raison qu'un inconnu prenne sur lui de s'intéresser à ceux auxquels personne ne s'intéresse.

Dans les derniers jours, elle me permettait de rester un peu plus tard que les heures de visite autorisées. Elle me faisait sortir pendant les soins, puis me rouvrait la porte : et nous échangions quelques mots ordinaires, à trois, comme une espèce de famille. Cette dernière nuit auprès de mon oncle, je la retrouve exactement, comme si notre mémoire, plus attentive que nous ne sommes, avait de ces pressentiments qui font qu'on retient tout le détail des moments dont elle a déjà deviné qu'ils ne reviendront jamais. Ce soir-là, après que la jeune femme fut sortie, mon oncle me dit, avec le demi-sourire qu'il esquissait, très léger, des yeux plus que de la bouche, pour dire une facétie :

– Dites-moi, Pierre. Pouvez-vous m'expliquer pourquoi si souvent les infirmières paraissent plus jolies que la moyenne des jeunes femmes qu'on croise dans la rue ?

Les petits coups de théâtre que réservait parfois mon oncle si sérieux et si sévère me prenaient toujours de court. Jamais je n'avais imaginé qu'il pût regarder les jeunes femmes dans la rue.

– Vous pensez ?

– Oui. Je l'ai remarqué...

Je réfléchissais aux corollaires d'un jugement aussi général et je cherchais, comme il se doit, des arguments pour le mettre en doute, sans trop y croire car mon oncle n'ouvrait jamais la bouche sans avoir longuement étudié toutes les faces d'un problème. C'est pourquoi, lorsqu'il parlait, ce qu'il disait semblait si clair : en réalité, dans son esprit, le problème était déjà résolu. Il n'improvisait jamais, il ne tâtonnait pas, comme nous faisons. Sa voix était nette et précise, ses phrases avaient l'allure construite, élaborée, définitive, de formules imprimées dans un livre. Elles étaient façonnées comme des tirades écrites : elles l'étaient déjà dans sa tête. Je me dis parfois que si je pense et si je parle, moi aussi, d'une manière un peu compassée, c'est pour n'avoir rien fait d'autre pendant quinze ans que de m'occuper de lui, de ses affaires, de ses écrits.

– Oui, je l'ai remarqué depuis que je suis ici, et je crois avoir trouvé l'explication.

Je l'ai dit, mon oncle ne posait jamais une question sans avoir déjà la réponse : c'est pourquoi il paraissait infaillible.

– Cela vient de ce que leur vêtement est tout à fait impersonnel. Ainsi, on ne regarde plus que leur visage, et on y cherche sans y penser toutes les traces possibles de la grâce. Comme elles s'occupent de vous, qu'on leur en est reconnaissant, qu'on le leur dit, leur sourire prend un charme qu'il n'aurait peut-être pas si on le voyait sur une femme qui porterait une robe de couleur, par laquelle nous serions distraits de la regarder.

Quand l'oncle tenait une idée, il n'en dérivait pas et la creusait dans toutes ses conséquences.

– Regardez les portraits flamands…

Les conséquences, d'ailleurs, s'orientaient presque toujours en direction de la peinture.

– Toutes ces femmes, jeunes ou vieilles, avec la même fraise blanche plissée autour du cou, la même robe noire sans ornement, le même voile en pointe sur le front : comme leur visage devient personnel, de ce que leur habit ne l'est pas… Voyez-vous, Pierre, c'est pour cette raison que les Hollandais sont devenus si grands portraitistes…

Voilà pourquoi j'ai été pendant quinze ans un si fidèle et attentif disciple de mon oncle : n'importe quel événement de la vie quotidienne pouvait devenir à tout moment une leçon d'histoire de l'art.

– Ils n'avaient que cela à peindre. Pas de Vierge entourée de saints, pas de héros antiques, rien : des robes noires et des visages. Rien pour l'imaginaire : il ne reste que les yeux, les rides, les joues, les bouches. L'art se précipite sur les visages. Ou bien il ne lui reste qu'un timide rayon de soleil dans un coin de salle à manger, ou un reflet sur un verre de cristal entre deux pommes, des pêches, une grappe de raisin et une tulipe. Savez-vous, Pierre ? Je dirais volontiers qu'un art est d'autant plus grand qu'on lui laisse moins de liberté pour s'épanouir.

Et voilà mon oncle qui s'en allait retrouver le seul univers qui soit pour lui réel (l'oncle aurait dit : qui *fût* pour lui réel. Il employait l'imparfait du subjonctif dans les conversations les plus ordinaires. C'était un bonheur de l'entendre en chaire à l'Institut d'Art, s'adresser à l'une de ses étudiantes : « Mademoiselle, il conviendrait que vous *fussiez* plus attentive à la chronologie... »). Le seul univers qui *fût* pour lui réel, c'était la peinture. Je devrais dire celui où la vie se condensait et se concentrait de manière à devenir une réalité plus forte et plus pleine. Ainsi, les braves Hollandaises peintes par Gérard Terborch ou par Emmanuel de Witte devenaient pour lui les garantes d'une vérité universelle, dont la petite infirmière blonde qui le soignait le soir dans cette triste chambre ripolinée portait une parcelle dans son sourire.

Telle fut ma dernière conversation avec mon oncle Charles : une réflexion sur un sourire. Il était tard. Je suis sorti en lui souhaitant une bonne nuit. La suite, je l'ai apprise le lendemain par la jeune femme.

Comme chaque soir, elle était entrée dans sa chambre pour lui donner les derniers soins et raccrocher un flacon à la crémaillère de sa perfusion. Lorsqu'elle avait voulu éteindre la lampe, il lui avait demandé, de sa voix sèche, avec les phrases contournées et solennelles qu'il affectionnait, la permission de lire encore quelques pages du livre qu'il tenait : et elle me répétait ses paroles avec – devrais-je dire une sorte de dévotion ? Oui, c'est cela : comme si elle avait pu percevoir dans le regard qu'il lui portait la transformation de son propre sourire en œuvre d'art, et qu'elle le lui rendait :

– Je vous en prie, mademoiselle. Voyez vous-même : il ne me reste que trois pages. Je n'aime pas à m'endormir sans avoir terminé mon chapitre. C'est une impolitesse envers l'auteur qui s'est donné du mal pour conclure.

Je puis l'imaginer exactement. Il devait avoir ses lunettes baissées sur le bout de son nez, les yeux levés vers elle par-dessus les verres, les deux mains sur le drap, l'une tenant le livre, l'index de l'autre marquant la page. Et comme mon oncle était un homme d'ordre en toutes choses, y compris pour ce qui est de l'ordre des choses, et qu'il était dans l'ordre des choses qu'une jeune infirmière eût à donner des ordres à un vieux malade, même membre de l'Institut, son visage devait avoir l'expression d'un petit garçon sage et un peu timide qui demande très poliment à son institutrice la permission d'aller jouer.

– Vous dites trois pages ? Je veux bien ; mais pas une de plus, Professeur. Vous me le promettez ?

Elle riait gentiment, étant elle-même entrée dans le jeu et prenant le ton d'une maîtresse d'école en forçant sa voix dans le grave et en pointant l'index :

– D'ailleurs, je viendrai dans un quart d'heure et je verrai si vous êtes un malade obéissant.

À son tour, il avait souri, en répondant avec l'imperturbable logique qui était la marque de son esprit :

– Pourquoi voudriez-vous que je commence un nouveau chapitre qu'il me faudrait abandonner au milieu pour vous obéir ?

Elle était donc sortie, elle avait fermé doucement la porte, avait visité dans les chambres voisines quelques autres malades moins sages et moins alertes et puis, comme elle l'avait promis, elle était revenue un quart d'heure plus tard exactement, pour éteindre la lampe. Le livre était fermé sur la table de nuit, les lunettes soigneusement posées dessus, et il était mort.

Ne jamais mourir sans avoir fini son chapitre : tel était mon oncle Charles.

C'est bien pourquoi, avant même de l'avoir ouvert, j'avais été surpris par ce petit carnet : au milieu des dossiers de mon vieil oncle, il avait l'air égaré, aussi incongru qu'un champignon qui aurait poussé tout seul en l'espace d'une nuit au milieu d'un gazon anglais bien tondu. D'où venait-il? Que faisait-il là? À qui appartenait-il? Car je n'avais même pas imaginé d'abord qu'il pût être à lui, tant sa couverture de carton vert détonnait parmi les innombrables papiers de mon oncle. Y trouver des lignes écrites de sa main m'étonna encore davantage lorsque j'en fis glisser les pages sous mon doigt : sans y songer, j'attendais l'écriture d'un inconnu, d'un étudiant, d'un collègue. Mais non : ces minuscules caractères soigneusement dessinés, ces doubles *l* en forme de libellules, ces *j* en volutes, ces *t* barrés comme d'une flèche et entre les mots ces espaces blancs calibrés comme des respirations, c'était bien lui. «Je ne retournerai jamais à Venise.» Ma surprise grandissait à mesure que je continuais à tourner les feuillets, sans vraiment lire, ma pensée prisonnière de cette incroyable phrase. Le son de la voix de mon oncle s'était emparé des mots et continuait à le faire, de plus en plus présente, sur ceux que j'attrapais au vol : «Scuola di San Rocco», «San Zaccharia», «Rezzonico», «Carpaccio», tous des noms propres, car leur majuscule soigneusement ourlée m'attirait l'œil et me ramenait chaque fois à Venise. La voix se mit à racoler d'autres bruits : un clapotis, une cloche, des sons italiens, puis, plus précis, les petits chocs de la canne de l'oncle Charles, tout à coup assourdis lorsqu'il franchissait la première marche du pont de bois de l'Accademia. Je ne lisais pas, je flânais entre les mots que je cueillais au hasard. « Tiepolo, son élément, c'est l'air. » Bien dit, mon oncle : je vous reconnais. Je connaissais déjà cette phrase et dans ma mémoire, je l'ai entendu poursuivre : « On croit que c'est l'eau, la lagune, mais non, c'est l'air. Des personnages dans l'espace, c'est cela le sujet de ses peintures : Armide et Esther sont des prétextes… » Et c'est d'entendre ainsi mon oncle, présent à mon oreille comme s'il n'était pas mort depuis cinq ans, qui m'a fait comprendre pourquoi je continuais à feuilleter cet étrange carnet, sans le lire : comme si une timidité, une discrétion, une retenue, m'en détournaient. On frappe à une porte, on ouvre : « Oh, pardon… excusez-moi, je… » J'ai ri tout seul en l'entendant me dire : « Pierre, s'il vous plaît, pouvez-vous classer ce petit carnet dans le dossier de… Merci, Pierre… » Et c'est après avoir ri que je me suis mis à lire, au hasard de la page ouverte :

> … les yeux baissés vers l'eau verte, et vers les objets qui flottent à la surface. Elle ne

regarde pas autour d'elle, toute concentrée sur sa pensée, ou bien dans la contemplation de quelques bouts de bois ou de papier qui vont et viennent avec le clapotis du canal...

Une seconde, j'ai cru entrevoir l'un de ces tableaux où Canaletto nous montre une Venise rêveuse aux eaux vertes et aux reflets soigneusement lissés à petits coups de pinceau, mais où figurerait, au premier plan, la silhouette inattendue d'une femme. J'ai levé les yeux : quel tableau ? Quel musée ? Quelle collection ? Il n'y a jamais de personnages au premier plan d'un Canaletto. Étrange... Intrigué, j'ai poursuivi ma lecture, et j'ai découvert qu'il ne s'agissait pas du tout de peinture et que mon oncle ne disait pas seulement « je », mais aussi « moi ».

C'est moi qu'elle attend : et moi, du haut du pont, je la regarde m'attendre. Je suis encore mal remis d'une mauvaise nuit de train. Il fait froid, de ce froid humide plus froid que le froid. L'atmosphère ouatée de Venise l'hiver me pénètre, et je reste là. Du haut du pont je contemple le plus beau spectacle que puisse imaginer un homme, surtout s'il s'avance, comme moi, dans ce qu'on appelle «l'âge mûr» : une belle jeune femme, non seulement belle mais désirable, tendre et douce, qui l'attend. Elle paraît si concentrée dans son attente qu'elle ne prend garde à rien autour d'elle, pas même à moi qui suis déjà là et qui la regarde. Et moi, je retarde l'instant où je vais la serrer dans mes bras, pour savourer encore un peu ce singulier plaisir de la regarder m'attendre.

Ah! mon oncle…

Ce plaisir est si grand, l'émotion qu'il fait naître en moi est si forte que c'est de ce moment que je me souviens après tant d'années, et non de notre étreinte. Je devrais avoir honte. J'ai honte. Comment suis-je descendu? L'ai-je appelée? Ai-je descendu les marches quatre à quatre? A-t-elle levé les yeux? Est-ce elle qui m'a vu la première, ou ai-je pris les devants? Je voudrais être certain d'avoir crié du haut de ce pont, je voudrais être sûr que c'est bien moi qui ai fait le premier geste. Je ne me souviens plus et cela me fait honte.

Ma surprise était telle que je n'ai pas pris garde tout de suite que juste au-dessous des mots que je venais de lire, se trouvaient ceux que je cherchais. Il m'a fallu plusieurs secondes pour les reconnaître.

> Je ne retournerai jamais à Venise. Les lieux que j'aimais commencent à s'embrumer dans ma mémoire. Ils perdent leurs contours, comme fait San Giorgio Maggiore au mois d'octobre dans la lumière du soir. Se pourrait-il que la Venise de mes souvenirs ait depuis longtemps cessé d'être tout à fait vraie ? Ses palais et ses campaniles ressemblent déjà sans doute à ceux que peignait Turner : comme lui je les invente, je les reconstruis avec une matière plus fluide et plus vaporeuse, je les colore sans le vouloir, pour les faire un peu plus ressembler au bonheur que j'éprouvais à les contempler. Peut-être d'ailleurs est-ce de moins en moins d'eux que je me souviens, et de plus en plus de ce bonheur. Mais Judith ?

Je continuais à déchiffrer ces pages où tout trahissait la main de mon oncle : dans chaque lettre, dans chaque trait, dans chaque volute, et même chaque blanc, il était si concrètement vivant, si présent à travers ces signes familiers, que c'était comme s'il me parlait. J'entendais ce que je lisais. Je l'entendais avec sa propre voix : et c'est à retardement que j'ai soudain pris conscience que depuis un moment elle ne me parvenait plus : comme si lui-même s'était tu. Ce que j'avais sous les yeux avait cessé, je ne sais quand, un instant plus tôt, d'être accompagné de sa présence. Ce que je lisais était écrit de sa main, mais lui n'était plus là.

J'ai levé les yeux, étonné de ce silence qui s'était fait en moi.

J'ai relu le haut de la page :

> moi qui suis déjà là et qui la regarde. Et moi, je retarde l'instant où je vais la serrer dans mes bras, pour savourer…

Impossible. Mon oncle ne pouvait avoir écrit cela. Les lettres étaient de lui, mais pas les mots.

Je regardais devant moi, cette austère salle de travail, les livres, sur la table, le cendrier, le pot à tabac. Impossible. J'ai contraint l'oncle à parler dans ma tête. « Pierre, auriez-vous la gentillesse de mettre cette note dans le classeur "Van Dyck à

Gênes". Merci, Pierre. » Entre le son de cette voix et ce que je venais de lire, il n'y avait pas de liaison possible. Était-ce moi qui l'avais fait taire, comme s'il fallait rompre le lien entre ce que j'avais sous les yeux et sa présence ?

Ce que je lisais n'était donc pas de lui. Il transcrivait un texte de quelqu'un d'autre. C'était une copie. « Je » n'était pas lui. D'ailleurs l'oncle Charles ne disait jamais « je ». Et Turner : que je sache, il ne s'était jamais intéressé à ce peintre anglais qui regardait Venise à travers un brouillard bleu et jaune. La Venise de mon oncle, je la connaissais. Combien de fois y étions-nous allés, lui et moi. Bellini, Carpaccio, Titien. Mais de qui pouvait être ce texte qu'il s'était donné le mal de recopier sur cet étrange petit carnet ? Dans quel but ? Pourquoi s'intéresser à un homme qui arrive à Venise pour retrouver une femme, comme n'importe quel galant ou amoureux depuis Musset et George Sand ? Il n'y avait pas de femmes dans la vie de mon oncle, pas d'épouse, pas de fille, pas de nièce ou de cousine, pas d'autre famille que moi et la vieille Mariette qui le servait.

Mais tout était de ma faute. Pourquoi n'avais-je pas commencé à lire en commençant par la première page, au lieu d'ouvrir comme je l'avais fait, au hasard ? Pardon, mon cher oncle, pour cette faute de méthode, indigne de celui qui se prétend votre disciple…

Aujourd'hui, mes vieilles douleurs reviennent me faire souffrir. Le temps va changer. Je ne sortirai pas. Il ne sert à rien de me contraindre, comme je le faisais autrefois, à marcher quelques pas pour me dégourdir, à obliger mes membres à se mouvoir pour rendre quelque souplesse à mes articulations rouillées. Je le faisais encore il y a deux ou trois ans. Je redoublais ma souffrance à force de volonté, en faisant deux fois le tour de l'étang, la main crispée sur ma canne, poussant parfois jusqu'au bois. Je revenais plus perclus que je n'étais parti, de sorte qu'il m'est arrivé de devoir demander de l'aide pour remonter les marches du perron et qu'ainsi je me retrouvais humilié pour cet acte de volonté qui n'était que de l'orgueil. Je place désormais mon orgueil ailleurs, voilà tout. Quand vient septembre, je sais à quoi m'attendre et je m'y prépare pour devoir le moins possible à quiconque. Comme un aventurier qui se tient prêt à n'importe quel départ d'urgence et qui tient placé sous son lit son sac avec des biscuits et une trousse de secours, je dispose sur ce coin de table des pipes et un pot de tabac, quelques livres et la couverture pliée sur ce fauteuil. De temps à autre, j'ajoute un livre qui me vient à l'esprit, pour le jour où se déclenchera la première crise. Je m'apprête à vivre dans ce coin de pièce, et l'économie de mes mouvements est le seul moyen que j'aie trouvé pour atténuer la souffrance et le besoin que je pourrai avoir d'autrui. J'accepte qu'on vienne parler avec moi, mais je n'aime pas qu'on me serve.

Oui, ici, c'était bien lui. Je le reconnaissais, dans ses gestes, ses mouvements, ses habitudes : raide, comme il avait toujours vécu, même avant d'être affligé de ces rhumatismes qui l'immobilisaient chaque hiver. Rude avec lui-même comme il l'était où affectait de l'être envers son entourage, intimidant avec ses élèves, et un peu avec moi.

Mais pourquoi ce ton aigre que je ne lui connaissais pas ?

Hier, je profitais donc de ces derniers moments où je peux me mouvoir sans trop souffrir, et je recherchais sur mes rayons quelques livres à rajouter sur ma table. Mon souci chaque année en cette saison, chaque jour plus absorbant, plus lancinant, est de penser à tout. Je sais d'expérience que c'est toujours le livre qui n'est pas là que je vais avoir besoin de lire, au moment où Pierre ne sera pas là pour me le chercher. Pourtant déjà ma table croule. Mais pourquoi hier ai-je tiré ce livre-là ? Je me suis dit : c'est le hasard. Quel hasard ? Je ne me souvenais même pas d'avoir possédé cet ouvrage sans intérêt et truffé d'erreurs. Je l'ai maladroitement tiré de son rayonnage et il est tombé. Que s'est-il passé alors ? Je veux savoir. Je ne crois pas au hasard. Je me suis baissé pour le ramasser, j'ai fait en gémissant ce terrible effort avec mon dos et les articulations de mes jambes et puis j'ai dit à haute voix : « Mon Dieu, Judith... » Comment ai-je pu dire ces mots, prononcer le nom de Judith avant d'avoir ouvert le livre et d'y avoir trouvé la photographie qui y était cachée ? J'ai dit : « Mon Dieu, Judith... » et je sais que la bouffée de douleur ne venait pas seulement de mon dos. Lentement, en me tenant aux rayons de la bibliothèque, je me suis redressé, je suis allé me rasseoir. Je n'avais pas encore ouvert le volume. Je n'avais pas encore vu le visage de Judith et j'ai dit : « Comment peut-on être infirme ? Comment peut-on être invalide ? Comment peut-on être vieux ? » avec une colère qui ne venait pas de ma douleur mais d'une sorte de dégoût et de haine que je ne comprends pas. « Comment peut-on être vieux ? Suis-je en train de devenir un vieux radoteur ? Je parle à voix haute… »

Oncle Charles, qui était Judith ? Qu'est-ce que vous êtes en train de me dire ? Qu'est-ce que c'est que cette douleur dont vous parlez et dont vous dites ne pas savoir si elle vient de votre corps martyrisé par l'arthrose – ou d'ailleurs ? Et pourquoi vous posez-vous cette question, si ce n'est pour ne pas avoir à répondre que vous le savez très bien, et qu'elle ne vient pas de vos rhumatismes ?

Mon pauvre cher oncle, comment ai-je pu vous voir si souvent, parler avec vous, voyager avec vous de colloques en expositions, avoir avec vous d'interminables discussions dans votre bureau ou dans les trains qui nous conduisaient à Amsterdam ou à Munich, vous voir, vous regarder dans les yeux et ne pas une seule fois pressentir que c'est de telles choses que vous vous entreteniez avec vous-même quand vous étiez seul ?

Qui est cette Judith que vous serrez dans vos bras à Venise ? Je suis effaré...

Comment imaginer mon austère vieil oncle en présence d'une femme ? Je n'avais jamais vu auprès de lui que cette vieille Mariette vêtue de noir, avec son tablier bleu et son chignon, résolument anachronique elle aussi, souriant parfois, oui, souriant, levant les yeux au-dessus de son ouvrage ou mirant vers la fenêtre le verre qu'elle était en train d'essuyer et qui, je le savais, évoquait pour mon oncle la Françoise de *Du côté de chez Swann*. Comment penser l'oncle Charles dans l'intimité d'une femme ?

Pourtant, c'est vrai, les femmes n'étaient pas absentes de sa pensée. Il les aimait. Je le sais, je l'ai vu. Quand il commençait à parler d'elles, il ne tarissait pas : mais c'étaient toujours des femmes peintes. Il parlait d'elles comme un amant mais, à la différence d'un amant jaloux, il donnait l'impression en parlant de la femme aimée (la belle Éléonore de Tolède, peinte par Bronzino, ou bien Giovanna Tornabuoni sur la fresque de Santa Maria Novella) qu'il aurait souhaité vous faire partager sa passion et que son désir le plus cher était qu'à votre tour vous tombiez amoureux. Il la décrivait comme si elle était vivante, avec le même ton détaché et réservé qu'il aurait pour une banale question de muséologie, mais avec tout à coup une inflexion imperceptible, douce et grave, qui me faisait tourner les yeux vers lui, tandis qu'il caressait du regard, avec un demi-sourire, une image de femme rêvée par Botticelli : et aussitôt, cette figure immobile et muette, fixée sur une toile depuis cinq siècles, paraissait s'émouvoir d'une sorte de vie mystérieuse, comme pourrait l'être le souvenir d'un personnage familier, qu'on aurait pu rencontrer la veille, qu'on aurait vu marcher, remuer les mains, tourner la tête :

– Savez-vous, Pierre, que si vous regardez le portrait de Simonetta, à Chantilly, peint par Piero di Cosimo (on l'a longtemps attribué à Pollaiuolo, mais c'est une erreur…), vous pourriez l'entendre parler ?

Mon oncle ne connaissait jamais des choses que le détail : et ainsi l'image de femme commençait à se reconstruire à l'aide de petits faits minuscules et insignifiants, de petites choses de la vie ordinaire, les petites singularités et les petits défauts qui font qu'on existe.

– Observez sa bouche. Regardez bien ses lèvres, Pierre. Elles sont si justement dessinées, avec une précision si merveilleusement exacte, que vous pouvez connaître le son de sa voix. Je puis vous affirmer que, bien qu'elle fût génoise (toujours l'imparfait du subjonctif avec lequel mon oncle affûtait ses phrases), elle prononçait l'italien avec le délicieux défaut de langue qu'on entend ici à Venise. C'est écrit sur sa bouche. Vous voyez ?

Et l'oncle, du bout de l'index, caressait dans l'air une lèvre imaginaire dont l'original était à Chantilly, ou plus exactement sur le portrait d'une femme morte il y a cinq siècles, peinte par un artiste, ou peut-être un autre, Piero di Cosimo, ou bien Pollaiuolo, qu'en sait-on ?

– Vous pourriez l'entendre réciter les petits poèmes amoureux qu'écrivait pour elle Laurent de Médicis, exactement comme elle les prononçait. C'est à cause de ce rapport de la lèvre inférieure avec l'autre. Vous voyez ?

Et tout en traçant dans l'air le modelé d'une bouche, l'oncle Charles murmurait, ou plutôt chantonnait, en imitant le doux zézaiement qui fait le charme des lèvres vénitiennes : *O felici sospiri e degni pianti...*

Un baiser, mon vieil oncle ? Comment imaginer cela ? Je ne l'imaginais pas. C'est aujourd'hui qu'il vient superposer cette incroyable pensée au souvenir que j'ai de lui, qui pouvait connaître si intimement le dessin des lèvres d'une femme, alors que je ne l'ai jamais vu dans la familiarité d'une seule. Il était au courant de toutes les particularités de la mode, des emmanchures, des entournures, de la coupe, du linge, des plissés, des bouffettes, des crevés et des nœuds. Il savait leur langage symbolique et leurs codes secrets, comme s'il avait vécu dans l'intimité de celle dont nous regardions le portrait, assistant, comme on faisait alors, à sa toilette en chevalier servant ou en luthiste de service, ou bien en amant rejoignant la belle par un escalier dérobé (mais comment sans rire imaginer mon digne et respectable oncle Charles en train de dégrafer les aiguillettes d'une suivante de Lucrezia de Médicis, ou baisant le cou de Tullia d'Aragon ?). Il savait tous les gestes : les mouvements, le langage des mains, les particularités de la démarche (« Elles changent, disait-il, avec chaque génération... »). Il énumérait des dates vieilles de cinq siècles comme s'il feuilletait son agenda pour retrouver celle d'un rendez-vous.

– C'était, je crois, le 26 avril...

Puis, après une seconde durant laquelle il se concentrait en plissant les yeux, comme nous faisons pour retrouver l'enchaînement exact des choses :

– Oui, naturellement, le 26, puisque…

Et il enchaînait :

– Savez-vous, Pierre, que cette date, le 26 avril, semble marquée par le destin, à Florence ? C'est un 26 avril que mourut Simonetta. Julien de Médicis mourut deux ans plus tard, jour pour jour, le 26 avril 1478, sous le couteau de Francesco Pazzi, dans le chœur de l'église Santa Maria dei Fiori, frappé de tant de coups et si furieusement que son assassin se blessa lui-même grièvement à force de s'acharner sur le corps de celui qu'il avait déjà dix fois tué.

L'oncle Charles récitait comme un livre. Quand il racontait, les phrases prenaient dans sa bouche l'ordonnancement de belles tournures écrites, avec des propositions subordonnées en ordre de marche et des imparfaits du subjonctif reluisants comme des boutons de cuivre bien astiqués. En l'écoutant, on avait l'impression de feuilleter un livre. Ce soir-là, je m'en souviens, nous avions passé l'après-midi à l'Accademia. En sortant nous avions, comme chaque fois, fait halte devant la *Madeleine* de Bellini, juste un instant, comme on s'arrête pour sourire à une personne que l'on aime, lorsqu'on la croise sur le trottoir. L'oncle Charles avait des manières de politesse pour les œuvres d'art comme pour les personnes :

on ne passe pas devant la *Madeleine* de Bellini sans dire un mot aimable, en pensée. Puis nous avions dîné dans une petite trattoria du côté du Campo San Stefano et nous étions rentrés à pied. L'oncle se déplaçait encore sans peine à cette époque. Nous traversions les petits canaux en désordre du quartier San Maurizio et Sant' Anzolo, avec leurs ponts minuscules, et mon oncle s'était accoudé à la rambarde de l'un d'eux. C'était l'heure, je le savais, où il se laissait aller quelque peu, où son imagination vagabondait. Il tirait sur sa pipe, et le reflet des ondulations de l'eau envoyait de temps à autre sur son visage une caresse de lumière et colorait d'une lueur rosée par la chute du jour les petites bouffées de fumée qu'il répandait autour de lui.

– Vous rendez-vous compte, Pierre, de ce qu'était Florence cette année-là ?

Quelques secondes de silence, quelques volutes de fumée, quelques vagues sur le canal et c'était comme si on s'embarquait sur une gondole.

– Botticelli avait vingt-cinq ans. Ghirlandaio en avait vingt. Filippino Lippi en avait dix-neuf. Léonard de Vinci, dix-huit : et leur maître à tous, Laurent de Médicis, en avait vingt aussi. Quelle jeunesse ! Laurent parlait philosophie avec Marsile Ficin et composait des sonnets pour la belle Lucrezia Donati, qui en avait… combien ? Vingt-deux ou vingt-trois. Le monde était tout jeune, Pierre. Ou plutôt, je crois qu'à Florence, il s'était mis à rajeunir. Il y a des moments de l'Histoire où tout le monde est jeune, et d'autres qui ne sont peuplés que de vieillards, et où les événements se mettent à bégayer et à radoter. À Florence, cette année-là, une jeune femme débarque au milieu de la jeunesse du monde, et voilà que tout Florence tombe amoureux d'elle. Tout le monde : Laurent, Julien son frère, toute la cour, les pauvres gens dans les rues, les boutiquiers, les vieillards, les musiciens, les peintres, les moines dans leurs couvents, tout le monde. Elle avait seize ans et le monde se mettait à tout faire pour lui ressembler. Ne trouvez-vous pas cela étonnant, Pierre ? Une jeune fille de seize ans qui, sans rien faire d'autre que d'être ce qu'elle est, belle, aimable, douce, oui, cela absolument, gracieuse, savante, façonne une ville, ordonne la vie des gens, conduit la pensée des peintres et des poètes : simplement par ce qu'elle est. Et vous voyez, Pierre, ce qui est le plus étonnant, ce n'est pas elle, c'est justement ce qui naît.

L'oncle s'était arrêté un instant au milieu de sa phrase. Il donna trois ou quatre petits coups avec sa pipe sur la rambarde de fer du petit pont. Je connaissais ce signal.

– Une grande œuvre d'art, je veux parler de celles qui ne mourront jamais, celles qui sont pour toujours le petit trésor que l'homme aura donné du monde, une grande œuvre d'art est celle qui présente sous sa forme la plus belle, la plus juste image du temps où elle est née.

Et après une seconde encore de silence :

– C'est sans exception.

Je savais que, lorsqu'il avait à dire une phrase de ce genre, l'oncle Charles ôtait sa pipe de sa bouche et la cognait sur quelque chose : le cendrier, la rambarde, ou sur sa main s'il ne trouvait rien d'autre à proximité, pour en vider la cendre. C'était sa manière de marteler les mots, alors que sa voix, elle, ne changeait ni de registre, ni de volume. Deux ou trois coups, et je savais que la phrase qui allait venir était à retenir par cœur.

– Les époques, Pierre, qui ne trouvent pas ce moyen de transmettre ce qu'elles avaient de fort et de beau, ou qui le font par la laideur (cela arrive), ou bien par la dérision (cela arrive aussi), ce sont celles dont plus tard, avec le recul du temps, on se dit qu'elles ne valent pas la peine qu'on se souvienne d'elles, ni qu'on en parle. C'est également sans exception.

Mon oncle s'était arrêté de nouveau. Nous regardions les dernières phosphorescences sur les eaux de l'étroit canal et le cercle parfait que formaient désormais dans la presque obscurité le petit pont et son reflet, à quelques dizaines de mètres de celui où nous nous trouvions. Je me souviens de ce que m'avait dit l'oncle, un autre soir : Venise est la seule ville au monde où tout artifice soit bon pour parvenir à la perfection. Ailleurs, me disait-il, on distingue clairement le mensonge. À Venise on le voit aussi, mais on prend plaisir à faire semblant d'y croire. La courbe du pont, et la contre-courbe de son reflet, l'une vraie et l'autre fausse, forment un cercle parfait, qui est une tromperie, mais d'autant plus aimable qu'on sait qu'elle l'est. Mais nous parlions de Florence, où la feinte est impossible : et je crois bien que c'est justement ce que voulait dire l'oncle. Je devinais son sourire dans la pénombre, lorsqu'il reprit :

– Vous vous demandez, mon petit Pierre, quel est le rapport entre ce que je vous dis et la tendre Simonetta Vespucci ? Je vais vous le dire. Ou plutôt ce n'est pas moi, c'est Botticelli. Si je vous dis qu'au temps où Simonetta débarque à Florence, le monde est en train de rajeunir, ce n'est pas une figure de style. J'aurais dû dire plus justement qu'il est en train de refleurir. Comprenez-vous *Le Printemps* ?

Nous y étions. La pensée de l'oncle Charles pouvait faire ainsi de grandes boucles. On croyait qu'il s'égarait, qu'il avait perdu le fil : et tout à coup on se retrouvait exactement dans l'alignement, sans savoir comment.

– On n'a jamais très bien su ce que représente ce tableau. Qui est cette femme ? Que font là les trois Grâces ? On n'en sait rien. Que fait ce gros Zéphire joufflu qui souffle et tend les bras vers une nymphe qui a l'air de mâcher du persil ? Et que fait Mercure dont on dirait qu'il est occupé à cueillir des pommes ? On ne sait pas. Cela n'a aucune importance, puisque le véritable sujet d'un tableau, ce n'est pas ce qu'il raconte, mais ce qu'il montre. Ce que montre *Le Printemps*, c'est simplement le printemps de Florence. Et comme il est parfaitement beau, il est l'image de la jeunesse du monde. Mais regardez bien, Pierre. Regardez tous les tableaux que Botticelli a peints au long de sa vie : toutes les femmes qui sont venues sous son pinceau, Vénus sortant toute nue et si belle de sa coquille, la Vierge à la grenade, les Vertus, les jeunes filles de Jethro, toutes se ressemblent. On dirait des sœurs. Savez-vous pourquoi ? C'est parce qu'elles sont toutes une image rêvée de Simonetta. Il n'a jamais peint qu'elle, ou son souvenir. Saviez-vous, Pierre, que quarante ans après sa mort (elle avait vingt-trois ans lorsqu'elle mourut), Botticelli a demandé à être enseveli à ses pieds, dans la chapelle des Ognisanti? Il y est toujours. Vingt-trois ans. Julien de Médicis l'avait aimée, lui aussi, six ans, sans jamais l'effleurer. Quand elle était arrivée de Gênes, elle avait seize ans. Son cousin Amerigo Vespucci allait bientôt donner son nom à un continent que personne ne connaissait encore...

L'oncle Charles récitait l'histoire du monde à travers le visage d'une femme peinte.

– Un an avant la mort de Simonetta, Julien disputa un grand tournoi, l'une de ces fêtes des hommes et des chevaux que l'on adorait dans toute l'Italie, et que tout le peuple d'une ville regardait, sur la place, aux fenêtres, aux balcons, sur les toits. Vous n'êtes jamais allé à Sienne, Pierre? C'est dommage. C'est peut-être ce qui nous reste aujourd'hui de plus vivant de ce que fut la Renaissance : la fête du Palio. Nous avons des musées, nous avons conservé des palais et des galeries sculptées, que nous aimons. Nous avons des tableaux qui sont, pour vous et pour moi, ce qu'il y a de plus précieux au monde. Mais le Quattrocento vivant, bougeant, criant son plaisir, caracolant, c'est à Sienne un jour de Palio qu'on peut encore le voir. Or ce jour-là, Julien de Médicis, sur son cheval caparaçonné de velours et d'or, Julien de Médicis brandissait une bannière sur laquelle on avait écrit ces mots en français : *la Sans-pareille*, et sur laquelle le visage de Simonetta avait été peint par Botticelli. Un simple drapeau, pour une joute sportive, peint par Botticelli : vous imaginez cela ? Et tout le petit peuple de Florence était là, comme aujourd'hui au Palio, et il se contemplait avec orgueil, dans la plus douce des femmes et dans le plus beau des hommes. Car il y a aussi cela, qu'il faut dire.

Il tapa avec sa pipe sur la rambarde de fer.

– Quand un peuple ne parvient plus à s'admirer, il est perdu.

Il fit silence une fois encore, les yeux fixés, comme les miens, sur l'ultime lueur flottant sur l'eau, au-delà du pont en forme de cercle. Il tassa de son doigt le tabac de sa pipe éteinte, et puis reprit sans l'allumer :

– C'est encore une fois sans exception. Vous voyez, Pierre, qu'on peut mesurer l'homme à la jauge du beau. C'est pour cela que je vous ai dit que je n'aimais pas la dérision. Un homme qui rit jaune, qui exhale sa méchanceté par ce qu'on appelle à tort de l'humour, c'est qu'il ne va pas bien, au fond de lui. De même, un peuple. Quand un peuple ne trouve plus à s'exprimer que par la dérision (pas la moquerie, ce n'est pas la même chose), c'est qu'il a mal quelque part et qu'il ne peut plus rien dire, ni peindre, ni écrire, ni jouer, qui ne grince, comme un rhumatisme de l'être.

Les enchaînements de pensée de mon oncle étaient toujours d'une incroyable logique. On pouvait croire qu'il s'égarait. Quand il revenait au sujet, on s'apercevait qu'il ne l'avait jamais quitté, même si c'était par un infime détail qu'il semblait le retrouver.

– Sur le portrait de Simonetta, à Chantilly, cessez de vous demander combien de temps il lui fallait pour être coiffée, laissez un moment les serpents de ses boucles blondes, et oubliez celui qui ondule autour de son cou et dont on se demande toujours si c'est un collier ou une mignonne petite couleuvre apprivoisée. Oubliez son petit sein, qui est si ravissant, mais si chaste qu'on n'imagine pas qu'on pourrait avoir la pensée de le caresser : et justement, le peintre nous fait savoir par la pudeur ravissante de sa peinture que Julien ne l'a jamais fait. Oubliez tout cela. Observez son œil : elle ne regarde pas devant elle, mais un peu plus haut. C'est le seul profil que je connaisse, qui ait un tel regard. Que faisons-nous tous, vous, moi, sottement? Nous regardons devant nous. Simonetta ne regarde pas devant elle : juste un peu plus haut. Comme si la vérité des choses et la beauté du monde étaient juste un peu au-dessus de là où nous croyons qu'elles sont. Il y a dans la peinture de belles saintes qui lèvent les yeux au ciel...

L'oncle eut un petit rire léger.

– Je me méfie d'elles... Il y a aussi de douces madones flamandes qui les baissent avec un charme de timidité qui me touche le cœur. Mais j'ai envie de leur dire un mot (rien, un seul mot : *ave*) pour qu'elles m'entendent et que je puisse croiser leur regard. Simonetta me comble et d'autant plus qu'on ne sait pas ce qu'elle regarde, très loin, au-delà du cadre.

Elle avait sur les lèvres un perpétuel sourire naissant. On ne pouvait pas savoir si, en effet, elle était sur le point de sourire, ou si elle était seulement en train de remuer dans sa tête une pensée, une idée, qui aurait suscité cette sorte d'allégresse intérieure : mais le dessin de sa bouche avait par lui-même la forme d'un début de sourire, de sorte qu'on l'aimait sans savoir pourquoi. J'ai su, moi, plus tard, que le dessin de ses lèvres était effectivement produit par la douceur de son monde intérieur, et que sa bouche avait ainsi été véritablement modelée, depuis son enfance, par cette sorte de bonheur qu'elle transportait avec elle. Car il n'est pas donné à tous de porter sans cesse sur eux cet accord miraculeux entre leur paix intérieure et leur visage. Ma pauvre Mariette, je la connais bien, depuis tant d'années qu'elle me sert : c'est une femme brave et bonne. Mais pourquoi ne peut-on lire dans ses yeux, sur sa bouche, dans les rides de ses pommettes, que la marque de son éternelle revendication, de son insatisfaction qui ne lui vient pourtant que de choses si insignifiantes : la note du boucher était exagérée, sa viande était dure, le facteur était arrivé en retard ? Elle pardonne tout cela, parce qu'elle est sincèrement bonne et bienfaisante, mais rien de cette bonté n'apparaît sur ses traits. Je n'ai jamais su faire la différence entre l'expression d'une personne méchante et celle d'une personne malheureuse. Les signes apparents sont les mêmes. Les rides qui viennent avec l'âge sont semblables, que ce soit à mesure que s'allonge et se perpétue le malheur, ou que s'accentue l'aigreur intérieure. Mais quel est le rapport, sur un visage, de la bonté et du bonheur ? Pourquoi le sourire à peine dessiné, à peine suggéré, sur les lèvres de Judith signifiait-il à la fois qu'elle était bonne et qu'elle était heureuse, et qu'elle ne laisserait jamais prise, quoi qu'il arrive, au malheur ?

L'oncle Charles avait une certaine manière de regarder les gens qui m'avait longtemps intrigué. Cela se passait à des moments bien particuliers et dans des circonstances toujours semblables : c'est justement la régularité de ces situations et l'étrange expression que prenait alors son visage attentif et souriant, qui avaient attiré mon attention. Plus tard, des allusions, des demi-phrases, m'avaient peu à peu fait entrevoir ce qui se passait dans son esprit : mais c'est bien plus tard, des années après, qu'il me confia avec un sourire timide ce qu'il appelait son « petit défaut », sa « petite manie ». Mais je l'avais alors déjà devinée, et faite mienne.

Cela se passait le plus souvent dans un autobus, lorsque je l'accompagnais, chaque jeudi, à l'Institut d'Art ; ou bien au restaurant ; ou encore dans la salle d'embarquement d'un aéroport, si nous partions pour Venise à la Fondation Cini, à Londres ou à Munich pour une exposition, ou à Los Angeles pour un colloque : c'est-à-dire dans des lieux où l'on n'a rien à faire sinon attendre et où les gens, tous les inconnus qui vous entourent, immobiles, abandonnés à eux-mêmes, mettent leurs pensées en veilleuse, se replient, inconscients de leur entourage puisque personne autour d'eux ne vient éveiller leur attention et animer leur visage. Quelle différence y a-t-il entre les yeux d'un homme quand il ne regarde rien parce qu'il pense et ceux d'un homme qui ne pense à rien ? Aucun des deux ne voit ce qui se trouve en face de lui. L'esprit de celui-ci est vide ; celui-là réfléchit : à quoi cela se reconnaît-il ? Une imperceptible nuance dans la pupille, que mon oncle m'avait appris à déchiffrer.

Tout à coup, je remarquais que quelque chose avait changé dans son regard, imperceptible aussi : un resserrement de ses paupières, qu'accompagnait presque aussitôt un léger mouvement de la lèvre, l'esquisse d'un sourire. Il m'a fallu longtemps pour déceler ce qui venait de se passer dans son esprit. Les conteurs orientaux ont inventé le tapis volant pour se promener dans l'espace : mon oncle Charles, lui, s'était fabriqué un petit mécanisme mental pour voyager dans le temps en regardant les gens, avec autant de facilité qu'Abdullah ou que le prince Chen Sang sur son tapis de nuages. La femme assise en face de lui dans l'autobus, qui regardait défiler les boutiques du boulevard Saint-Germain, ou la jeune fille qui souriait à son compagnon, ou le vieillard trop blanc aux pupilles délavées, mon oncle ne les regardait pas exactement tels qu'ils étaient. Les yeux fixés sur eux, ayant mis en marche son petit zoom à remonter ou descendre le temps, il se transportait subrepticement vingt ans après, ou trente ans plus tôt. L'imperceptible sourire qui naissait alors, plus dans ses yeux que sur sa bouche, n'était ni la marque d'une ironie dont il était bien incapable, ni de malice, ni même véritablement d'humour : c'était le signe de l'incroyable distance, exactement magique, qu'il venait de prendre avec ce qu'il avait sous les yeux. Cette jeune femme au visage plein et ferme, aux joues rondes et aux belles lèvres, il distinguait avec une extraordinaire précision le plissé de ses paupières, la courbe de ses joues, le modelé de sa bouche, quand elle serait grand-mère. Ce gros homme qui regardait par-dessus la tête des autres voyageurs, mon oncle examinait le visage de ses vingt ans. Il gommait les épaisses rigoles qui cernaient ses joues, rebâtissait le front lisse et le garnissait de cheveux raides ; il observait les lèvres encore charnues, à peine marquées déjà par quelque chose qui n'existait pas encore, mais pourtant déjà là et qui, trente ans plus tard, les serrerait avec une sorte de violence dans l'avarice de soi-même. Quand la situation le permettait, il me glissait à mi-voix : « Le nez. Regardez le nez. » Et je savais que je ne devais pas regarder ce nez-là, mais un autre, le même vingt ans plus tôt, ou trente ans plus tard lorsque les ailes seraient davantage marquées, qu'un lacis de petites veinules violettes les colorerait, beaucoup moins de goinfrerie satisfaite que d'avidité, et que le pli entre les gros sourcils aurait durci sa racine.

– Regardez, Pierre. Quand ses joues se seront gonflées, comme elles le font à cinquante ans, qu'elles se seront un peu affaissées de part et d'autre du menton, cette ligne que vous devinez près de la bouche sera devenue une profonde ride : alors son visage dessinera l'amertume. Il ne le sait pas encore, mais elle est déjà là. Quelquefois il souffre, il est mécontent, il est insatisfait, et il ne sait pas de quoi, ni pourquoi. Dans trente ans, cela se verra. Je veux dire : non seulement qu'il souffre, mais qu'il ne sait pas pourquoi.

Ou bien :

– Regardez comme elle a dû être jolie…

Mais en disant « regardez », il me demandait justement de ne pas voir. Il fallait dépasser le regard, inventer, imaginer. Dans le sourire de mon oncle, je lisais : « J'espère qu'elle a été bien aimée. Oui, je le pense… » Et dans son sourire, je lisais l'explication : « Si elle ne l'avait pas été, cela se verrait… » Il fallait suivre des règles, extrapoler avec rigueur, déchiffrer sur le visage d'une vieille femme les signes, les traces, les indices d'un bonheur vieux de cinquante ans. Je regardais mon oncle et son sourire, puis je tournais les yeux vers la vieille femme, nécessairement avec affection. J'essayais de démêler à quoi on pouvait reconnaître qu'elle avait été bien aimée : et généralement, je trouvais.

L'oncle Charles ne se contentait jamais de ce que lui proposait la minute présente. Pour lui le présent n'était qu'une toute petite partie de la réalité. Le présent, l'immédiat, n'était que le point de départ à partir duquel il reconstruisait une totalité plus ample. Il ne se contentait jamais de ce qu'il appelait « le premier regard », c'est-à-dire, tout simplement, le regard. Il lui fallait inventer d'autres regards pour donner à ce qu'il voyait sa profondeur et déployer ce dont l'instant présent était fait, ce dont il était la conclusion et l'aboutissement, puis ce qu'il était déjà en train de devenir.

– Prenez le temps, Pierre, prenez le temps... Titien mettait cinq ans pour faire un portrait. Rembrandt a refait trente fois le sien, ce qui revient au même. Il faut creuser un visage comme on creuse une question.

C'est à force de le regarder contemplant les visages dans la rue et dans l'autobus que j'ai compris sa passion pour l'art du portrait. Cet homme qui n'aimait rien tant que les visages immobilisés dans un tableau y voyait mille fois plus de choses que dans un visage vivant, mouvant et changeant. « Un petit peintre peint ce qu'il voit, disait-il. On reconnaît un grand à ce que, dans ce qu'il montre, il met tout ce qui est, et tout le reste. Il peint une jeune princesse, et toute la femme est présente, même ce qu'elle ne sait pas d'elle, même ce qu'elle n'a pas encore vécu, même ce qu'elle ne vivra peut-être pas, mais qu'elle aurait dû vivre parce que son visage le dit. C'est par une erreur du destin qu'il est possible que cela n'arrive jamais. »

– Vous souvenez-vous, Pierre, de ce passage d'*Anna Karénine* où Constantin Lévine rencontre pour la première fois Anna ? Il ne l'a jamais vue, il ne sait d'elle que ce qu'on raconte, et voici qu'avant même de la voir, alors qu'il attend, un peu troublé, dans le salon, il se trouve face à face avec son portrait. Il en est saisi, bouleversé. Soudain il entend une voix derrière lui ; il se retourne, et c'est elle : ressemblante, différente, vivante. Il ne sait plus ce qu'il doit regarder. Il regarde ce qui est *entre* : entre Anna et le portrait d'Anna. Et alors, si vous avez lu avec attention le long chapitre où Tolstoï raconte le séjour d'Anna et de Vronsky en Italie, vous comprenez que ce qui est *entre*, c'est lui, Michaïlovitch, le peintre. Vous êtes obligé de penser à lui, qui est là, vivant, son pinceau à la main, entre Anna et son portrait. Lévine ne sait rien de lui, il ne le connaît pas ; mais il est obligé de deviner cette présence. Je ne sais ce que Tolstoï savait de la peinture, mais dans ce passage extraordinaire de ce roman extraordinaire, il nous livre l'un des plus grands et profonds secrets de l'art de peindre : voir ce qui est *entre*.

Ma mémoire se refuse à me faire entendre le son de sa voix. Je tourne autour, je piétine, je ressasse ; je n'entends pas. Il m'arrive parfois de me sentir tout près, d'imaginer qu'il me suffirait de fermer les yeux, de serrer mes paupières avec plus de force, de faire un peu plus de silence en moi : la voix est là qui rôde, insaisissable comme un parfum de champignon. Encore un effort et je vais l'entendre. Je l'entends : mais aussitôt je m'aperçois que ce sont les mots que me renvoie ma mémoire, et pas le son. Je me souviens du plaisir que j'éprouvais à l'écouter parler. Je tendais l'oreille pour savourer la mélodie de ses phrases, et je me surprenais parfois à prêter plus d'attention aux intonations musicales de sa voix qu'à ce qu'elle me disait. Elle avait des envolées vers l'aigu à l'approche de ce rire qu'elle laissait fuser à la fin des phrases. Je l'attendais : c'était comme si ce qu'elle était en train de dire devait nécessairement se conclure par une mélodie pure, comme si pour elle chaque parole prononcée devait, pour aller jusqu'au bout de ce qu'elle disait, se replier et se couler aussitôt dans le bonheur intérieur qui l'habitait. Il explosait en un carillon au bout de la phrase, une espèce de grelot, un trille qui s'accrochait à la dernière syllabe après l'avoir d'avance entraînée dans ses hauteurs : et puis cela redescendait aussitôt dans une zone plus tendre et plus moelleuse qui disait : « Comme je suis heureuse de ce que je viens de vous dire ! Regardez-moi, prenez-moi, emportez-moi, je suis à vous, j'aime qu'on m'aime... »

Cette nuit, dans l'obscurité de ma chambre, ayant renoncé au sommeil, je remuais dans ma tête non pas le son, mais la pensée du son de la voix de Judith : j'ai entrevu pour la première fois ce que pouvait être la mémoire d'un musicien. Je n'avais jamais songé à cela. Je les envie, ces gens pour qui le son a une substance, une matière, comme sont pour moi les couleurs et les formes, les mouvements et les lignes. Je me suis rappelé le plaisir particulier que j'éprouvais à écouter la voix de Judith, lorsqu'elle parlait une langue que j'ignorais : l'ukrainien, la langue de ses parents et de ses grands-parents. C'était ce qu'on appelle de la musique pure. Les mots qu'elle prononçait n'avaient aucune part au charme de ce qui, venu directement de sa gorge, coulait en moi, et ainsi sa parole était tout entière semblable à son rire, sans mots. J'en dégustais le son, comme on écoute une sonate. Je me suis endormi en me récitant des noms que je tirais de mes souvenirs de romans. Je murmurais : Natalia Petrovna, Ivan Vassilievitch. Je répétais, dans l'obscurité de ma nuit, je remâchais dans ma bouche en guettant leur saveur : Natalia Petrovna, Ivan Vassilievitch, Boris Godounov, Stepan Arkadievitch Oblonski. Et puis son nom à elle, mêlé d'antique parfum biblique : Judith Vycherova, qu'elle m'avait appris à prononcer comme il faut : Vychtchierova, et que je savourais dans ma bouche. J'appelais au secours ma mémoire, que j'avais si longtemps crue infaillible, et qui me trahissait en me laissant seul dans la nuit.

Votre mémoire, mon oncle... Elle faisait notre admiration. Vous nous étonniez à chaque instant. Nous étions en extase, nous vous écoutions bouche bée, comme la foule en cercle autour d'un prestidigitateur qui fait sortir des lapins blancs de son chapeau comme vous des personnages, des tableaux, des dates de l'histoire entière, les paragraphes des articles écrits pas les spécialistes, la phrase exacte, sans un mot qui manque, la référence, la note, la cote. Vous étiez pour nous une sorte de fakir qui joue de la flûte, et dont on ne sait s'il faut regarder le petit ballet que dansent ses doigts sur le tuyau de bois ou bien le triangle de la tête du serpent qui s'élève en remuant sa langue fourchue et déroule la spirale de son ruban. Votre mémoire, sachez-le mon oncle, nous en étions jaloux. Elle nous fascinait comme si nous étions, nous-mêmes, le serpent. Les yeux fixés sur vous, nous vous écoutions débobiner l'écheveau, dérouler le fil. Puis-je vous avouer que moi, votre disciple, il m'est arrivé de vous tendre avec une naïveté aussitôt confondue, je ne dis pas des pièges (c'était perdu d'avance...) mais des amorces, des appâts, des espèces d'hameçons ; de faire semblant de chercher un détail superflu pour le seul plaisir de vous voir dérouler la ligne, tirer le fil tellement plus loin que je n'aurais imaginé, et découvrir au bout mille petits poissons que je n'attendais pas, ou plutôt que, d'expérience, j'attendais, que j'espérais, qui nous confirmaient votre infaillibilité et nous faisaient jubiler dans l'admiration que nous vous portions ! Votre mémoire, mon oncle !...

> Ma mémoire... Cette nuit encore, comme hier, j'ai tourné autour de la voix de Judith. Elle m'oblige à me poser des questions qui ne m'étaient jamais venues

à l'esprit, sur ma mémoire. Hier, j'écrivais : la mémoire de mes yeux. Mais était-ce bien cela ? Je me plaignais de ce que cette petite symphonie, celle de sa voix, celle de son rire, ne parvenait plus à mon esprit qu'à travers une abstraction qui les desséchait et ne m'en présentait plus que des idées ou des images, et non des sons. J'essayais de me concentrer, je me repliais sur moi-même, comme il m'arrive si souvent de le faire pour, justement, un effort de mémoire, lorsque je cherche à retrouver l'effleurement d'une touche de pinceau, la conduite d'une main, le frémissement ou le tremblement d'une pointe sèche. Je sais exactement ce que pense une main. Ma mémoire n'oublie rien des mouvements par lesquels elle balaie une surface, dont je reconnais l'allure, le débit, l'agilité ou bien les hésitations, les atermoiements, les affleurements ou les appuis. Mais hors de l'espace, je suis perdu : et le son ne laisse aucune trace dans l'espace. Pourtant, cette nuit, dans l'obscurité, je pressentais que cette voix de Judith m'était plus que jamais proche. Je savais que j'étais sur le point de l'entendre, même si ma mémoire me la refusait encore. J'essayais de l'enclore dans un lieu, de la cerner, de lui retrouver un espace, puisque c'est là seulement que mon esprit est capable de se mouvoir : et c'était celui de notre chambre à Venise. J'ai revu les fenêtres, leurs rideaux jaunes, la tapisserie à fleurs, la lampe de chevet et sa lumière sourde. Ce sont les mots qui sont revenus d'abord, des noms de peintres : « Bellini, oui ! Antonello de Messine, oui ! » Dans ce « oui » montant à la verticale dans l'aigu, je pressentais le son de sa voix, mais sans l'atteindre encore. Je cherchais quelle substance aurait pu lui donner corps, quelle touche de jaune safrané il aurait fallu poser pour retrouver la douceur veloutée de sa gorge et de son rire, dans quelle proportion la diluer dans l'huile pour qu'elle s'étale, se diffuse, se fasse plus onctueuse encore, quelle exacte dose de caresse il faudrait lui ajouter avec le bout du pinceau.

Ainsi, c'est la couleur qui m'a rendu la voix de Judith et qui aussitôt m'a porté le coup au cœur : le jaune fluide et chaleureux, glissant vers l'ocre sombre et tournant en volute vers le bas de la robe sur la *Visitation* du Tintoret, à la Scuola di San Rocco. J'ai entendu : «J'aime cela... J'aime... », et ce mot avait exactement le ton de cet ocre chaud et onctueux, doucement lumineux et gras, exactement cette involution tendre que je cherchais toutes ces nuits. Je n'ai pas entendu d'abord sa voix, mais la réverbération peuplée de couleurs de la grande salle basse de la Scuola, comme s'il fallait encore un écran; et puis à l'intérieur de cet écho, la voix de Judith, avec ses mots : « attends un peu... », que j'ai reconnus à la manière qu'elle avait de lier les mots comme on ne fait plus et dont j'avais imaginé qu'elle lui venait de sa mère Sarah, ou de son grand-père parlant avec l'accent ukrainien son français circonspect et châtié.

Le coup au cœur, le déchirement, j'ai cru d'abord qu'ils n'avaient d'autre cause que ce son retrouvé et qu'enfin je venais d'entendre : cette exquise gentillesse de la nature qui avait pourvu Judith de ce qu'on appelle un défaut de langue, qui lui faisait adoucir, amollir, attendrir sur ses dents le trait de prononciation qu'elle tenait de sa mère et de son grand-père : «Attends-zun peu...», transposition exacte sur ses lèvres de la douceur voluptueuse de son âme. «Attends-zun instant...», « Je veux-zun... »

J'ai répété deux ou trois fois : «Je veux-zun...», et alors seulement, d'un coup, le vide s'est fait en moi.

Tous ces détours de pensée, ce labyrinthe parcouru pas à pas au milieu des sons, ces détours à travers les couleurs et le jaune de la robe d'Élisabeth, cette quête aveugle, ces méandres et ces ruses de ma mémoire, n'étaient-ils là que pour retarder l'arrivée des mots qui rôdaient dans le silence du fond de moi, depuis Dieu sait combien de temps, et que je ne pouvais laisser remonter assez près pour pouvoir me les dire : «Je veux-zun enfant...» «Je veux-zun enfant de toi...»?

Je ne peux pas supporter ce souvenir.

L'oncle Charles avait déchiré la page suivante. Je regardais la minuscule frange crénelée contre le pli du carnet, j'en caressais les dents du bout de mon doigt. Qu'aviez-vous écrit sur cette page, mon oncle ? Qu'aviez-vous écrit que je ne dusse pas lire ? Pourquoi l'avez-vous arrachée ? Quel surcroît de méfiance, ou de prudence, pour le cas où quelqu'un, un jour, dans cinquante ans, viendrait à ouvrir ce carnet ? Ou bien serait-ce quelque chose que vous vous seriez interdit à vous-même ? Quelque chose dont vous ne supportiez pas le souvenir, que vous ne supportiez pas d'avoir même tracé sur le papier ?

Comment peut-on ? Comme peut-on vivre si longtemps et si près de quelqu'un, être chaque jour présent à ses côtés, suivre sa pensée, la deviner, et ne rien savoir de ce qu'il est ? Est-ce moi qui suis un imbécile, à ce point dénué de pénétration, à ce point incapable de sentir ce qui se passait dans l'esprit et dans le cœur de celui avec qui je parlais chaque jour ? Pourquoi ne me suis-je jamais posé de questions sur votre vie intérieure, sur votre passé, sur votre présent, sur ce qui n'était pas vos travaux et vos recherches ? Tout me paraissait si simple et si lisse. Vos yeux fixés avec amour (cela je le savais, je le voyais, je le partageais) sur la robe jaune et flamboyante d'Élisabeth tendrement penchée vers la Vierge dans la douce *Visitation* du Tintoret, vous me l'avez fait aimer, je l'aime encore parmi toutes les toiles de ce peintre que j'aime : comment, mais comment ne pas avoir même pressenti que votre émotion pouvait venir d'autre chose, tenir à votre cœur par une imprévisible raison ? Que le tremblement de votre âme pouvait être lié à une émotion qui ne serait pas seulement peinte, mais qui serait vôtre, et à cette douleur... Comment peut-on être à ce point aveugle ? Mais, mon oncle, vous ne cessiez de brouiller les pistes. Vous me parliez de beauté et d'art. Je vois encore votre doigt suivre le pinceau du Tintoret dans cette grande courbe en volute jaune d'or, vous vous tourniez vers moi en souriant : « Vous voyez cela, Pierre ? » Comment vouliez-vous que je comprenne ? Et maintenant, vous avez déchiré cette page. Pour que je ne puisse pas la lire ? Ou est-ce parce que vous ne vouliez pas vous-même garder ce souvenir ? La page suivante commençait au milieu d'une phrase.

> ... la pente qui va mener à la vieillesse et à la mort. Pour la dernière fois, on lui dit qu'il est un homme. Qu'il est un homme ;

c'est vrai, on lui en donne la preuve : je veux un enfant de toi. Et que c'est la dernière fois : cela, on ne le lui dit pas, mais il le sait. Et cette délicieuse et irrésistible tentation lui est présentée par ce qu'il a de plus cher, dans la tendresse et par sa bouche : l'illusion que quelque chose peut être recommencé, que tout ce qu'il y a eu d'imparfait dans sa vie, tout ce qu'il a raté, tout ce qu'il n'a pas pu faire, il va pouvoir le corriger. Comme si on lui affirmait que le temps pourrait ne pas être tout à fait irréversible. Et il faut qu'il dise *non*. Non seulement dire *non*, mais imposer à une belle jeune femme féconde la pensée qu'en elle, l'amour va demeurer et doit demeurer stérile. Comment ai-je pu ? Comment ai-je pu ?

Comment ai-je pu oublier ? Depuis que j'ai retrouvé la voix de Judith, des vagues de mémoire me reviennent. Quand j'étais enfant, celui qu'on appelait le martellier plaçait et déplaçait des plaques de tôle à travers les rigoles. Il inondait des champs, en desséchait d'autres, et j'admirais ce maître de l'eau. Un flot comme ceux qu'il provoquait en relevant ses plaques s'est libéré et m'inonde. Comment ai-je pu oublier ?

Nous sommes au bout du jardin du Luxembourg, devant l'Institut d'Art. Nous avions gardé soigneusement la date de notre anniversaire : un an après que je t'ai vue. C'était en mars. Nous avions déjeuné dans le même restaurant, mais contrairement à l'année précédente, il pleuvait. Je me souviens de toi sous ton imperméable gris, ou noir, je ne sais plus, luisant de pluie dans le jour tombant. Nous ne nous donnions pas la main. J'avais peur du ridicule d'un homme aux cheveux gris donnant la main à une jeune femme. Nous parlions de nous. Nous nous taisions. Après un silence, j'ai dit : « Douze mois. » J'ai répété : « Douze mois. » Je mettais, dans ce chiffre, que toutes les civilisations du monde ont auréolé de symboles et de sainteté, toute la tendresse dont j'étais capable et une sorte de fierté. Je laissais courir dans mes yeux des images : toi et moi dans notre premier restaurant. Toi et moi dans les combles du musée. Pas encore Venise : nous nous préparions à y aller. Je répétai : « Douze mois. » Et dans le silence qui suivit, avec peut-être la même tendresse, et pas encore de tristesse parce que tu ne sais pas encore, tu mets ta main sous mon bras et tu dis : « Nous pourrions déjà avoir un bébé de trois mois… » Tu y pensais déjà.

Quand on aime, on entre dans l'éternité. Je ne savais pas cela, vieil homme dur que j'étais jusqu'alors. Je croyais qu'il n'y avait que dans les tableaux des grands peintres que les amoureux pouvaient se regarder éternellement, sans que jamais la nuit tombe, sans que jamais s'avance la vieillesse, sans que jamais la lassitude, la fatigue, l'ennui, paraissent. Je venais de découvrir que l'immobilité des amants éternels (la fiancée juive, ô Judith, telle que Rembrandt nous l'a léguée pour toujours) pouvait laisser place aux regards, aux sourires qui passent, aux coups d'œil d'une demi-seconde. À peine l'avais-je découvert que j'ai vu l'autre versant. Le jour où j'ai refusé que nous ayons un enfant, parce que je voulais te protéger, toi, que je ne voulais pas te lier, toi, à un homme déjà sur l'autre pente, j'ai su que notre amour allait finir. Du temps passerait. Nous nous aimerions encore. Notre goût l'un pour l'autre nous donnerait du répit, et notre goût des tableaux et de la beauté. Mais un jour, il finirait. J'ai compris que notre amour était mortel : et croire cela, c'est commencer à ne plus aimer.

Voilà deux jours que je suis enchaîné dans mon fauteuil, une couverture sur les jambes. La crise est arrivée exactement lorsque je l'attendais : un rendez-vous, en somme. Et voilà trois jours que j'ai retrouvé la photographie de Judith. Quelque chose s'est creusé en moi, que je ne comprends pas, et qui m'effraie.

Il y a des années que me lever, marcher, me baisser, lever les bras, me fait souffrir, et il y a des années que j'attends et redoute les crises aiguës de l'hiver, durant lesquelles je ne puis plus rien faire de mon corps. Cela ne me surprend plus. J'y suis habitué. Je m'en tire comme je peux. J'ai pris mes dispositions. L'hiver, je passe mes journées dans ce fauteuil, cela ne m'empêche ni de penser, ni de travailler. Cela ne m'empêche pas d'être, ni même parfois de prendre plaisir à être, quand quelque chose d'utile et de bon se présente à mon esprit. Je suis moins à plaindre que le vieux chien de mes voisins fermiers : il est moins impotent que moi, mais il ne sait plus que faire de lui-même. Il ne peut plus courir, flairer à droite et à gauche toutes ces choses invisibles qui passionnent un nez de chien. Il ne peut plus donner de la voix pour le plaisir de faire savoir au facteur qu'il est ici chez lui et qu'il faut demander la permission avant d'approcher. Moi, dans mon fauteuil où je me suis assis lourdement, j'avais jusqu'avant-hier l'avantage sur lui d'être encore l'homme de mon travail, de mon savoir. Je pouvais, moi, flairer encore une petite énigme et tâcher de la résoudre. Je pouvais encore chasser dans les fouillis des arrière-notes des érudits mes confrères. Je pouvais être encore moi-même avec encore quelques petites choses à trouver et, qui sait ? peut-être encore je ne sais quelle grande petite idée à fouiller, à labourer, à creuser. Jusqu'à avant-hier. Il y a des années que cette immobilité forcée, lorsque surgissent les crises de l'hiver, m'était pénible. Mes douleurs faisaient monter certains jours des bouffées de colère et de révolte : on n'a pas le droit de me faire cela, j'ai encore à travailler, je n'ai pas fini. Mais d'autres jours il m'arrivait de me dire qu'elles me servaient et qu'en me contraignant à ne plus songer qu'à ce qui en valait la peine, en m'obligeant à délaisser les occupations accessoires et subalternes, elles m'aidaient. Elles m'avaient débarrassé du besoin de me distraire. Elles éloignaient les importuns. Personne ne pouvait plus exiger de moi ce que je n'avais pas envie de faire. Je ne pouvais plus regarder mon jardin que d'un seul point, par une seule fenêtre, sous un seul angle, mais il était devenu un tableau, immobile et pourtant changeant, comme si tous les jardins de Claude Monet pouvaient se succéder sous mes yeux : la lumière jouait d'un côté, et le soir de l'autre. L'ombre d'une branche de prunus brun contrastait avec le feuillage jauni par l'automne du bouleau derrière lui. La brume bleue du matin s'effaçait : elle revenait, toute dorée, le soir. Quand on s'est habitué à la pensée que la promenade est interdite, il est assez beau de découvrir que les choses changent sans bouger. Seule ma main devenue raide sur la page blanche me tourmentait parfois en me faisant entrevoir le moment où je ne pourrais plus écrire. Immobile, reclus, j'étais pourtant encore moi-même.

Mon pauvre oncle. Je le revois, dans les jours d'hiver où il souffrait. Non pas diminué, non pas aigri : il avait toujours le même sourire, ses yeux attentifs par-dessus ses lunettes, l'esprit appliqué à construire les phrases polies avec lesquelles il s'adressait à Mariette, à moi (« Pierre, auriez-vous la gentillesse de m'éclairer sur un détail qui me tracasse... »). Jamais acerbe ni revêche, mais secrètement humilié. Sans le dire, bien entendu. Sans se plaindre, même pour demander le secours d'une main pour se lever ou monter une marche (« Pardon, Pierre... Cette carcasse... »). Oui, humilié, mais pour ce vieil homme d'autrefois, ce qu'on entendait par humiliation au temps où la société était régie par des codes d'honneur : placé dans une situation qui faisait que sa dignité était bafouée, sans qu'il pût rien faire pour la revendiquer. Pauvre oncle. J'avais compris qu'il ne fallait surtout pas le plaindre, pas même paraître remarquer sa faiblesse. Je l'ai vu regarder un jour sa main qui tenait ce portemine d'argent dont il ne se séparait jamais, pas plus que de son écharpe blanche et j'ai lu, je suis certain d'avoir lu dans ses yeux l'espace d'une seconde : « Et quand ma main ne pourra plus écrire... »

Moi, là, dans ce lit, à peine capable de tendre le bras pour éteindre ou allumer ma lampe, saisir un livre ou redresser mon oreiller, moi, là. Est-ce moi qui courais dans les ruelles de Venise en donnant la main à une jeune femme ? Est-ce moi qui gravissais au pas de course et au rythme de sa jeunesse, ayant retrouvé je ne sais quelle force, les marches des épuisants et innombrables ponts en dos d'âne qui franchissent les canaux de cette ville plate où l'on ne cesse de monter des escaliers ? Celui qui est le témoin des images qui surgissent en moi depuis deux jours, est-ce encore moi ? Moi regardant Judith du haut d'un pont et reculant l'instant où nos regards vont se croiser, était-ce moi et est-ce moi qui ressens maintenant la même crainte de voir surgir l'image de Judith ? Comment ai-je pu oublier ? Comment ai-je pu vivre tant d'années en l'ayant oubliée ? Ce n'est pas d'être perclus et glacé que je souffre, c'est de ne pas être certain de me reconnaître dans cette émotion qui remonte en moi aujourd'hui. Le vieux qui s'émeut de ce qui a ému le jeune, est-ce ou non le même homme ? Moi, suis-je moi ?

Pourquoi prendre la peine d'écrire tout cela en exténuant un peu plus ma pauvre main ? J'ai ouvert ce carnet sous le coup de l'étonnement, au petit matin, dans le seul but d'y consigner des choses qui ne concernent que moi. Je continue à écrire pour rien, avec peine et avec une douleur dont je ne sais plus si elle vient de ma main ou si ma main, en traduisant avec des mots la douleur que je ressens, transcrit la douleur elle-même. Ma main, moi. Qu'est-ce que cela veut dire ? Personne ne lira ces lignes. Personne ne doit jamais les lire. Pourquoi les écrire ? Tout au long de ma vie de travail, je me suis astreint à prendre des notes : mais quand je forçais mes doigts à noircir des pages, c'était pour transcrire des choses utiles, que j'étais seul à savoir, et des faits, des découvertes que je devais transmettre. Pourquoi ai-je commencé à m'écrire à moi seul des choses que je ne comprends pas ?

Pardon, oncle Charles. Vous me dites (mais vous ne saviez pas que c'est à moi que vous le disiez) que je ne dois pas vous lire. J'ai déjà lu. Est-ce que je peux faire que je n'aie pas lu ?

Je n'ai pas dormi, l'autre nuit, tandis que remontaient peu à peu les images oubliées, ou que je croyais avoir oubliées : comme si durant des années je n'avais vécu qu'à la surface de moi-même. Chaque pensée, chaque souvenir, à mesure qu'ils revenaient (mais d'où revenaient-ils ?), s'épaulant et s'entraidant les uns les autres, avaient entrepris de creuser en moi une caverne, un souterrain, une oubliette (quel mot !), ou plutôt une sorte de fourmilière aux galeries innombrables, un dédale souterrain de minuscules passages grouillant de minuscules pensées affairées, se croisant, se tâtonnant une seconde de leurs antennes, se reconnaissant, et poursuivant leur petit

chemin dans le noir. À un moment de la nuit, j'ai brusquement compris ce que les Anciens dans leur mythologie appelaient le Labyrinthe. On croit que c'est un souterrain qui aurait sa place quelque part dans le monde, en Crète, en Sicile ou ailleurs, dans le monde des choses, des formes et des distances : alors que ce Labyrinthe n'est rien que le monde souterrain, sans forme, que chacun porte en soi, et où il tremble de descendre, parce qu'il y fait noir et qu'il a peur, terriblement peur, qu'il y ait en effet, tout au fond, un Minotaure. Et chacun tâtonne dans le noir et crie : « Ariane, ma sœur, ton fil, où est ton fil ? »
Voilà que j'ai des cauchemars mythologiques...

J'ai presque vu le jour se lever. Pourquoi les nuits d'insomnie s'achèvent-elles lorsque paraît l'aube, et pourquoi s'endort-on de ce sommeil épais, massif, absolu, ne laissant plus place à aucun rêve, après une nuit où on l'a cherché vainement ? Déjà une ligne grise se dessinait entre les rideaux de mes fenêtres, que Mariette avait fermés hier au soir, complètement d'abord, puis à demi quand je le lui avais demandé. Chacune de nos journées se conclut par cette petite bataille. Elle ferme, tire, croise les tissus pour que rien, pas un rayon de lune, pas une étoile ne m'atteigne, pas un bruit; et chaque soir : «Rouvrez un peu, s'il vous plaît, Mariette.» «Mais, monsieur Charles, vous allez avoir froid.» «N'ayez pas peur, je suis bien couvert.» Mécontente, elle les écarte à regret de deux centimètres. «Si vous toussez demain, il ne faudra pas me demander pourquoi.» Les gens de la campagne ont peur de la nuit. Il y a des siècles de peurs dans leur tête, de loups, de brigands, de sorcières et de froidure. Il ne me reste donc qu'une ligne de lune à travers la chambre, qui tourne avec les heures comme l'aiguille d'une pendule, et qu'il m'arrive de confondre avec l'aube. Mais aujourd'hui, c'était bien elle. Ma nuit s'était passée, presque tout entière, flottant entre deux somnolences, à tourner et retourner mon pauvre corps dans mon lit et dans ma tête une pensée unique. Si les nuits me sont plus douloureuses que les jours, c'est parce que mes membres dépliés sont plus vulnérables encore que lorsque je m'assieds dans mon fauteuil. Chaque position dans laquelle je l'installe me semble, pendant un court instant, un merveilleux repos. Je n'ai plus mal... et presque aussitôt, elle engendre une autre douleur, dans une autre partie de mon dos, ou de mon épaule, ou de ma jambe, qui me paraît pire que la précédente. Il faut que je me retourne, ce qui me prend de longues minutes, avec l'illusion qu'en me disposant autrement, je ne souffrirai plus, ou pas autant, ou différemment.

Mais cette nuit, la même chose se passait dans ma tête. Cette unique pensée ne me quittait pas et je ne cessais de la retourner, de la reprendre dans un sens, puis dans l'autre. Lorsque je faisais l'effort de la repousser, elle me revenait par un biais, à peine déguisée. C'est moi, moi, qui ai quitté Judith. C'est moi qui suis parti. J'ai descendu les marches, avec ma valise dans la main. Je suis parti. C'est moi qui ai décidé de ne plus la revoir, jamais. Pour que jamais elle n'ait une fois encore l'occasion de me dire : « Je veux un enfant. » Je l'ai quittée pour ne pas avoir à livrer cette bataille contre moi-même et contre elle et lui répondre : « Non, je ne veux pas, nous ne pouvons pas, ce n'est pas possible. » Je me redressais, j'allongeais le bras en gémissant pour rallumer la lampe contre mon lit, je regardais ma main et mon bras et je me disais : voici la main, voici le bras du père de cet enfant, l'enfant de Judith, quand il aurait vingt ans. Est-ce qu'on peut être un père quand on n'a même plus la force d'être un homme ? Quand je disais *non*, avec dégoût de moi, répugnance, honte de moi

Mon oncle, je ne vous crois pas. Que vous souffriez, que votre corps souffrant entraîne votre esprit dans cette peine de la nuit, je le comprends, je peine avec vous. Comment ai-je pu ne rien percevoir ? Vous dissimuliez la douleur de votre âme derrière celle de vos membres. Mais dégoût, mais honte et répugnance, non, je ne vous crois pas. Mon oncle, je ne vous crois pas.

quand je disais *non* en regardant Judith en larmes, quand je brisais volontairement notre élan amoureux, « non, nous ne pouvons pas, nous ne devons pas avoir un enfant, à cause de mon âge », quand j'interrompais son plaisir et que je me retirais d'elle par un effort terrible de ma volonté, qu'est-ce que je faisais ? Oui je prenais cela pour de l'héroïsme, je prévoyais ses larmes, j'avais honte de moi et pitié d'elle. Mais est-ce que je le faisais pour toutes les bonnes raisons que je me répétais, ou était-ce par lâcheté ? Réponds, vieux grabataire. Un enfant, à ton âge ? Regarde ta main. Tourne-toi. Bouge ton dos. Quel âge aura-t-elle quand tu gémiras dans ton lit en te retournant ? Membre de l'Institut. Professeur émérite des universités américaines, *honoris causa*. Rigolez, mes confrères. Une femme, jeune, jolie, charmante. Oui : un enfant. Qu'est-ce qui est honteux : le ridicule dans un congrès ou les larmes de Judith ? Réponds. Quand une femme vous demande de féconder l'amour, qu'est-ce qu'on répond ? Quand elle vous dit (elle me l'a dit, elle m'a enfoncé ce poignard-là dans la poitrine, je me souviens exactement de ses mots), quand elle vous dit qu'elle désire que l'amour donne naissance à la vie, est-ce qu'on dit *non* sans être un lâche ? Elle a pensé ceci, Votre Honneur. Elle m'a dit ceci : « Il faut que de l'amour naisse la preuve de l'amour. » Et moi je dis *non*. « L'amour doit produire la preuve de l'amour, fournir lui-même la preuve publique (et elle a dit : publique) de l'amour, qui est l'enfant qui naît. » Est-ce qu'on dit *non*, si on n'est pas un lâche, ou un hypocrite ? Réponds, vieux croûton.

Je me suis éveillé avec dans la mémoire une phrase que j'avais écrite il y a deux jours, preuve qu'à chaque minute mon sommeil avait dû la ruminer : « J'ai compris que notre amour était mortel, et croire cela c'est commencer à ne plus aimer. » Est-ce donc que je me récite toutes les nuits ce que j'ai écrit le jour ?
Ne plus aimer. Ai-je vécu tant d'années sans plus aimer ? Comment ai-je pu vivre tant d'années sans penser, presque sans penser, presque sans jamais penser à Judith ? Avais-je enfoui si profondément ce souvenir à seule fin d'être certain qu'il ne remonterait plus à la surface ? Comme

on enterre un remords ? Par peur ? Par honte ? Par volonté de me cacher ce qu'avait de lamentable la vie de vieux célibataire que je menais, sans affection, sans but, sans... Voulais-je seulement éviter de me poser cette question : as-tu raté ta vie ? Ai-je immergé dans l'oubli quelques semaines de ma vie parce que je pressentais qu'en me souvenant de ma fuite je devrais m'avouer qu'elle marquait le commencement d'une vie ratée ? Qu'ai-je fait de ma vie ?

Pas un jour, pas une heure, nous n'avons cessé d'être occupés par la peinture : occupés comme on dit d'un pays, ou captivés comme d'un prisonnier enchaîné dans sa geôle. Mais au lieu de chaînes, ce qui nous tenait, c'étaient les innombrables métamorphoses du bonheur, transfiguré d'instant en instant par notre fringale de beauté qui ne cessait d'inventer de nouveaux moyens pour se rassasier. Ce n'était pas assez que de passer nos après-midi à l'Accademia, à la Scuola di San Rocco, de courir les églises pour voir et revoir les Carpaccio de San Giorgio dei

Schiavoni, le Tiepolo de Santa Maria dei Gesuiti, le Bellini de San Zaccaria, de hanter les palais pour y dénicher un tableau inconnu. Nos désirs étaient plus rares, plus secrets. Nous traversions Venise entière dans l'impatience de contempler à San Marcuola une peinture de jeunesse du Tintoret. Nous nous précipitions à la Madonna dell'Orto pour revoir une *Annonciation* de Palma le Jeune. C'était une jubilation, une exultation, une ivresse. Mais les églises, les musées, les palais ne nous suffisaient pas. Tout nous était bon : un rayon de soleil sur un pan de façade et son reflet dans le canal, le profil entrevu d'une Vénitienne aux cheveux bouclés, un reflet de brume sur San Giorgio Maggiore. Lorsque nous marchions dans les ruelles étroites et sinueuses, lorsque nous longions les canaux dans des quartiers retirés, c'était comme aux aguets, avec des attitudes de chasseurs en forêt ou de cueilleurs de champignons. Nous ne parlions presque pas, entièrement absorbés par cette sorte de chasse. À Venise, l'imprévu peut surgir à chaque détour, comme un renard au tournant d'une laie en forêt ou une perdrix au-dessus d'un sillon. Même ce qu'on connaît, ce à quoi l'on s'attend peut nous prendre par surprise : on s'arrête, interdit, comme au premier jour, heureux, plus heureux même, à cause du petit bonheur supplémentaire de la retrouvaille. À l'angle d'une ruelle, elle s'immobilisait, tendait le bras, dessinait de l'index un rectangle dans l'espace où elle enfermait un pan de mur, une fenêtre gothique, un ponton, et tournait la tête vers moi : « Tironi... », ou « Bellotto ». Ou bien elle découpait de la main un fragment de ciel d'un bleu tendre ouaté d'invraisemblables nuages blanc et rose : « Tiepolo ! », ou bien rien, son sourire seulement, puisqu'elle savait que mon expertise de ce tableau virtuel aboutissait à la même conclusion.

Je la vois. Je la vois exactement. Elle s'arrête brusquement à proximité d'un petit pont qui enjambe un étroit canal. Elle me touche le bras et, d'un mouvement de la main, me montre un chien noir immobile qui ronge quelque chose derrière le balustre de pierre et dont on ne voit que l'arrière-train et la queue en trompette. «Regarde...» Je cherche un moment dans mes souvenirs. Une plaisante honte me monte de la poitrine jusqu'à la tête : je crois que je vais rester court. La mémoire me revient juste à temps et je dois dénouer ma gorge avant de pouvoir répondre : «Il manque un mendiant aveugle adossé à la rambarde...» Elle rit. Elle met son bras autour de mon cou : «Bien répondu, Professeur. Il manque aussi un tonneau quelque part. – Et ce n'est pas le Rialto.» Pédant, encore sous le coup de cette petite angoisse que je viens de ressentir d'avoir cru rester coi, sec comme à l'oral du bac, mais avec mon élève pour examinateur, je manque d'ajouter : «Michele Marieschi.» Je me retiens à temps. Et puis le pédant se fait plus subtil, ou bien l'émotion d'avoir pensé faillir demande une revanche de ma vanité. Je dis : «Musée de Léningrad...» Elle rit à nouveau et m'embrasse.

Pardon, Professeur. On ne dit plus Léningrad. On dit Saint-Pétersbourg. Vous datez, je crois... Aussitôt, je sursaute. Une date! Enfin une datation possible! Voici la première indication que l'oncle Charles me donne de l'époque où il a écrit sur ce carnet. Moi aussi, cher oncle, je suis en chasse. Je suis votre disciple. Vous m'avez enseigné que tout doit être daté et c'est pourquoi, tout en vous lisant, je n'ai cessé de chercher dans vos pages un repère, un jalon, un recoupement possible : et cette fois, je le tiens. Merci, mon oncle, pour la méthode. En quelle année Léningrad est-elle redevenue Saint-Pétersbourg ? 1990 ? 1991 ? Vérification facile… Je… Eh bien, non. Cela ne vaut rien et ne m'apprend rien. Moi aussi je suis allé à l'Accademia, à San Giorgio dei Schiavoni. Nous l'avons fait ensemble. Vous marchiez encore, péniblement, lentement, avec déjà cet air sévère que votre infirmité allait peu à peu donner à vos traits. Des années ont dû s'écouler entre ce que vous racontez et les flâneries que nous faisions, moi à votre bras pour aider votre marche et vous, votre canne dans la main gauche. Quand Léningrad redevient Saint-Pétersbourg, vous êtes déjà perclus de douleurs dans votre fauteuil. Notre dernier voyage datait de cinq ans au moins et déjà vous ne marchiez plus volontiers. Nous prenions le vaporetto à San Giorgio Maggiore, nous changions à San Marco et nous n'avions plus que quelques pas à faire, qui vous coûtaient, pour entrer à l'Accademia. À quel âge me faut-il vous imaginer, oncle Charles, embrassant une jeune femme dans les rues de Venise ?

Je savais qu'elle n'était jamais allée à Léningrad et qu'elle ne pouvait avoir vu ce tableau que sur un livre. Je savais lequel. Nous sommes restés enlacés un long moment. J'ai rouvert les yeux, j'ai regardé par-dessus son épaule ce demi-chien noir et je me suis demandé : quel hasard ? Est-ce ce tableau de Michele Marieschi, un sous-Canaletto de qualité moyenne, habile mais sans grand charme, perdu dans les collections du musée de l'Ermitage ? Est-ce la beauté de cette jeune femme que je tiens dans mes bras ? Est-ce la connivence qui existe entre nous par l'intermédiaire de couleurs étendues sur une toile ? Quelle est la cause de ce bonheur ? Y a-t-il une cause, ce qu'on appelle une cause ?
La vérité est que, durant ces quelques jours que nous avons passés à Venise, elle avait installé en moi la passion de la peinture.

Puis-je vraiment écrire cette phrase sans rire ?

Et moi, mon oncle, puis-je la lire sans sourire ? Enfin : la peinture, c'était vous… Je le sais : c'est de vous que je l'ai apprise… Je ne sais rien que je ne tienne de vous. Y a-t-il jamais eu un seul instant dans toute votre vie qui n'ait eu la passion de la peinture ?

À moins que… Mais vous mélangez tout. Est-ce parce qu'une jeune femme que je dois imaginer belle, puisque vous me le dites, vous accompagne à Venise, que tout à coup Venise se trouve transfigurée ? Moi aussi, mon oncle, moi aussi, j'ai fait sept fois le voyage de Venise à vos côtés. Je vous ai conduit partout. À l'Accademia, j'y étais. À San Rocco, j'y étais. À quoi pensiez-vous quand vous vous arrêtiez devant la *Vierge* de Bellini, et qu'en me désignant la Madeleine, mains jointes à sa droite, avec ses yeux doux au regard perdu, vous me disiez : « C'est la femme la plus émouvante que j'aie jamais vue… » Quand je vous aidais à monter les marches de bois du pont de l'Accademia, mon oncle, dites, à qui pensiez-vous ? Et moi, à vos côtés, qui étais-je ? Je suis humilié, mon oncle. Humilié.

Moi : cet homme qui depuis cinquante ans ne s'occupait de rien d'autre. Moi qui n'ai jamais eu d'autre souci que de connaître davantage de tableaux, toujours plus de dessins et d'esquisses, de les comparer, de les analyser, de les identifier, de les dater, et même de les aimer, moi l'expert : voici que moi, je viens d'écrire cette phrase où je me dis que j'ai eu pendant un mois de ma vie la passion de la peinture. Est-ce que je suis fou ? Ces souvenirs m'égarent. Est-ce que je puis ainsi mêler l'amour, oui, l'amour fou, l'amour déréglé, l'amour insensé que j'ai pu éprouver pour une femme, pendant un mois, avec ce qui a fait ma vie pendant cinquante ans ? Comment ai-je pu écrire cela ?

Hier soir, j'ai cessé d'écrire.

Je suis resté sans rien faire, sans même chercher à prendre un livre, jusqu'à ce que Mariette vienne m'apporter mon dîner et me trouve dans la demi-obscurité du soir qui tombait. Elle m'a cru malade et s'est inquiétée. Elle m'a aidé à me mettre au lit et je l'ai renvoyée un peu brusquement. J'ai dû sonner pour la faire revenir et m'excuser : je crois qu'en le faisant j'ai d'ailleurs aggravé mon cas à ses yeux et qu'elle m'a cru affligé d'un début de débilité mentale. Cela aurait été d'ailleurs plutôt drôle, si j'avais eu le cœur à rire. Elle me regardait fixement avec appréhension. « Mariette, voudriez-vous, s'il vous plaît, m'apporter un livre qui se trouve sur ce rayonnage, tout à fait à droite, juste à hauteur de votre main. Cela s'appelle *Albertine disparue*. Vous ne pouvez pas le manquer. » Oui : c'est à cela que je pensais, tandis que la nuit tombait dans mon bureau. Proust à Venise. Moi à Venise. Proust est amoureux, et il laisse sa mère, sa tendre mère, celle dont il ne supportait pas à Combray qu'elle ne montât pas lui dire bonsoir dans son lit, il la laisse cruellement partir seule à la gare, parce qu'il est amoureux. Je voulais savoir si, pour lui, quitter Venise était plus douloureux que quitter une femme, ou bien si Venise et la femme ne faisaient qu'un, ou si c'est Venise qui engendre cette sorte d'amour déréglé, désordonné et fou. Mariette cherchait sur les rayons de ma bibliothèque. Je l'entendais grommeler en disant qu'elle ne trouvait pas ce livre, que Monsieur s'était trompé. « Mais si, Mariette, mais si. Je suis certain qu'il est là. L'auteur se nomme Marcel Proust. Cherchez mieux : *Albertine disparue...* – Mais, monsieur Charles, je vous dis qu'il n'est pas là. » Nous avons failli nous disputer. Sa voix était pleine de colère. « Proust, Proust, bien sûr que je le vois. Mais ça s'appelle *À la recherche du temps perdu*. Je perds bien mon temps, moi. – C'est ça, Mariette. Apportez-le moi. – Mais vous me demandez Albertine et maintenant vous voulez le temps perdu, comment voulez-vous que je sache ce que vous voulez ? » Oui, j'aurais ri si j'avais eu le cœur à rire. Mariette me fait penser à Françoise, la vieille servante de la tante de Combray, et qu'on retrouve, devenue tyrannique, dans *Albertine*. Mais ce n'est pas cela : c'est la lente descente du jour à travers mes rideaux qui m'avait curieusement mis dans un état proustien, d'isolement, de tristesse, de retour vers ce qui n'est plus, vers ce qui n'a peut-être jamais été. Les souvenirs que nous avons, est-ce quelque chose de vrai, de réel et d'actuel, ou une construction à partir de quelque chose qui n'est plus mais qui a été, ou une construction à partir de rien ? La recherche

du temps perdu, est-ce la recherche de quelque chose, ou une perpétuelle invention ? Qui était Judith ? Était-il vrai, pouvais-je écrire, après m'être occupé de peinture toute ma vie, sans exception d'un seul moment, que j'avais eu la passion de la peinture pendant un mois ? J'ai eu la tentation, hier soir, de brûler ce carnet. Je ne l'ai pas fait. Je ne sais toujours pas pourquoi je rédige ces notes, mais puisque je n'ai pas détruit ce que j'écrivais hier, je dois affirmer, oui, affirmer, proclamer, pour rien puisque personne ne lira ces lignes, m'affirmer donc, me proclamer à moi-même que j'ai travaillé pendant cinquante ans sur la peinture mais que j'ai eu la passion de la peinture durant un mois. À cause d'elle, par elle, à travers elle.
Et depuis cette nuit, je sais pourquoi.
Un soir, une nuit, nous avons inventé un jeu. Jamais je n'ai su jouer de ma vie. À vingt ans, j'ai appris le bridge, par politesse pour mes amis.

C'est vrai. Un jour, au Louvre, devant *Le Tricheur* de La Tour, mon oncle m'avait avoué en riant son ignorance.

– Je vois bien, Pierre, que ce qu'il cache dans sa ceinture en regardant ailleurs, c'est un as de carreau. Je vois bien que le petit jeune homme qu'il va gruger tient en mains plusieurs carreaux. Ce que je n'ai jamais réussi à comprendre, c'est pourquoi un as, c'est-à-dire un *un*, vaut plus qu'un *deux*. C'est illogique. Et puis pourquoi La Tour, qui a peint deux fois le même tableau, lui fait dissimuler au Louvre un as de carreau et au Kimbell Museum un as de trèfle. C'est bien cela, Pierre ? Je ne me trompe pas ?

J'entrais dans son jeu. Il fallait toujours flairer l'humour au-dessous des mots de mon oncle.

– Mais, oncle Charles, c'est pour que les conservateurs de musée puissent s'y retrouver...

Il me jetait un petit regard enjoué, et concluait :

– Vous avez raison. Cet homme pensait à tout. Cela ne m'étonne pas de lui. Ah ! si tous les peintres pouvaient songer un instant aux problèmes des conservateurs de musée... Ce n'est pourtant pas difficile de signer son œuvre, d'écrire au bas d'un tableau : moi, Rembrandt, *pinxit*, ce portrait est un autoportrait. Son prix va être multiplié par mille, même s'il est médiocre !

– Oncle Charles, vous oubliez le plaisir du roman policier... Vous voudriez que chaque assassin écrive son nom avec de la pâte dentifrice sur le miroir du lavabo.

– Ne mélangez pas tout. Vous allez me faire dire qu'un autoportrait de Rembrandt est un assassinat. Mais enfin, vous avez raison : notre métier tient de celui du détective, à la différence que nous ne travaillons pas sur des horreurs, mais sur de la beauté.

Et, comme toujours, ma boutade engendrait une grave réflexion car mon oncle n'envisageait les choses, le monde, la vie, que par son côté grave :

– Savez-vous, Pierre ? L'objet sur lequel porte l'action des hommes est aussi important que cette action même. Tant d'intelligence pour des sottises… C'est réducteur pour l'intelligence.

Aussitôt, il rebouclait la boucle : ce qui l'agaçait dans les jeux de cartes, c'était leur inutilité. Il me racontait que son père avait tenté de lui enseigner les échecs. Toutes ces règles gratuites, factices, futiles l'ennuyaient et l'agaçaient.

– Je comprends qu'un roi vaille plus qu'un valet. C'est raisonnable. Mais pourquoi un *un* vaut-il plus qu'un *deux* ? Et pourquoi une tour avance-t-elle comme ci et un cavalier comme ça ? C'est arbitraire. Pourquoi voudriez-vous que j'applique mon esprit à raisonner sur de l'arbitraire ?

Il ajoutait à mi-voix : « C'est comme les mathématiques », me regardait de biais pour vérifier si je marchais dans sa petite provocation, puis insistait : «Je ne dis pas que les mathématiques ne transcrivent pas une part de la réalité : mais c'est celle qui n'est pas intéressante...» Il concluait : «Je ne parvenais pas à retenir ces règles. J'étais pire qu'un mauvais joueur : un joueur distrait...»

Ce n'est pas un tel jeu qu'elle avait inventé, cette nuit-là, dans notre lit, à Venise. Il était absolument puéril, bien plus enfantin que celui du bridge ou des échecs. Il me replaçait curieusement en face d'elle dans ma situation de professeur, et elle dans celui d'une petite fille à l'école : mais il renversait les rôles, ou plutôt les retournait, à la manière d'une fête des fous, où l'on se dédouble. Mon rôle consistait à énumérer des noms de peintres, tous les peintres possibles, jusqu'aux plus rares et aux plus inconnus : et c'est là que le jeu devenait plaisant et que ma fonction d'examinateur pour rire, justement, se dédoublait. Je citais leurs noms et le jeu consistait, mais pour elle seulement, à crier son amour pour celui-ci, son dédain pour tel autre, et à transformer en cris de joie l'évocation de leurs noms. C'était absolument enfantin : mais comme font les enfants, j'avais envie de poursuivre indéfiniment ce jeu. Je faisais en sorte de provoquer toutes les manifestations possibles de l'enthousiasme. Je continuais à prononcer des noms de peintres pour le seul bonheur de voir naître, s'épanouir, sur son visage et dans le ton de sa voix, toute la beauté de sa joie. Je disais : « Carpaccio ! » Elle criait « oui ! » « Masaccio ! – Oui, oui ! – Delacroix ! – Oui ! – Fragonard ! – Ouais ! – Claude Monet ! – Bof ! » et redoublait son rire pour souligner la petite provocation de ce « Bof » sacrilège. « Antonello de Messine ! – Oui, oui ! » Et dans cette gamme de « oui », dans l'élévation plus ou moins grande de sa voix, dans l'épanouissement de son visage dans le rire, dans la pure gaieté de ses yeux, je découvrais, moi le savant, moi l'expert, moi le professeur, l'amour de la beauté. « Bellini ! – Oui, oui, oui ! » Je riais moi-même en tendant un piège : « Giovanni, ou Gentile ? – Giovanni ! – ou Jacopo ? – Giovanni ! » Je savais bien qu'elle n'allait pas confondre Bellini le père avec ses deux fils peintres. Mais je me sentais alors porté vers elle par une tendresse qui était faite de tout ce qui se mêlait à cet instant : sa beauté, la beauté de ses seins épanouis eux-mêmes comme ceux d'une Vénitienne qu'aurait pu peindre Giorgione ou Le Titien. Mon goût pour les choses de l'art, qu'elle transfigurait en moi en le dépouillant de ce qu'en avaient fait trente années de recherches et d'application pour le transformer en jubilation, comme si elle-même s'était muée en peinture, métamorphosée en ange de Bellini ou en Vénus de Giorgione, nimbée elle-même sur l'oreiller d'une auréole d'or, ou bien les vagues de ses cheveux changés en or de Danaé : c'est cela que j'ai retrouvé cette nuit, vers deux ou trois heures du matin, et qui m'a fait comprendre ce que j'avais écrit hier. C'est dans le souvenir du détail de notre jeu que j'ai pu le saisir. Car je me suis rappelé que, comme je savais par avance quels peintres elle allait saluer de ses cris de joie, j'entrais moi-même dans la peinture en même temps que dans le jeu, je la devançais dans son enthousiasme, dans ce qu'hier j'ai appelé la passion. Je jouissais de son bonheur avant même qu'elle l'eût crié, de sorte que le désir qui peu à peu montait en nous à mesure que se prolongeait le jeu, je ne saurais dire s'il naissait de l'évocation de la beauté, ou de l'énumération de tous les miracles de la beauté, ou bien si cette litanie (« Jacobello del Fiore ! – Oui ! – Andrea Schiavone ! – Oui ! ») engendrait une sorte d'envoûtement, ou s'il naissait de cette progressive communion dans le bonheur, ou si l'excitation, le rire,

Le carnet s'arrêtait là, sur une virgule, à l'évocation du désir. Pudique oncle Charles qui, même dans ce cahier secret, que personne, il l'avait écrit lui-même, personne ne devait jamais lire, même là, ne pouvait traduire avec des mots des choses trop intimes et trop fortes.

Ou bien trop douloureuses ?

Ma rencontre avec Judith, plusieurs années après, dans une petite annexe de l'Université de Rome, lors d'un colloque d'Histoire de l'art, rien ne m'y avait préparé. On dirait même que tout avait été agencé pour donner plus de force à l'effet de surprise. Même le nom qui figurait sur le programme de cette manifestation était savamment truqué. Quel lien aurais-je pu établir entre la jeune femme qui riait aux éclats dans le lit de mon oncle et ce que m'annonçait l'austère programme de ce colloque savant : « Università di Roma, 10 h 30 : Judith Desgranges, de l'Université de Paris-Sorbonne : *Le traité de perspective de Brunelleschi* » ? Son nom même était déguisé…

Je me préparais à m'ennuyer. Ce n'est pas du tout pour Brunelleschi que j'étais venu à ce colloque et que j'avais passé une nuit blanche sur une couchette du Paris-Rome, mais pour un sujet bien précis : des dessins de Sebastiano del Piombo et de Domenico Campagnola qu'on venait de découvrir dans l'une de ces villas italiennes dont les trésors cachés émergent à mesure que les vieilles familles italiennes fourragent dans leurs greniers pour survivre encore quelque temps. J'étais donc présent, ce matin-là, plus par politesse que par curiosité, en attendant la communication qui m'intéressait et aussi, je l'avoue, le déjeuner (j'aime la cuisine italienne !) pendant lequel je pourrais parler avec quelques collègues amis. En attendant, j'étais assis comme un potache sur les bancs durs de ce petit amphithéâtre triste et gris, mal éclairé, au milieu de savants spécialistes venus de Princeton, de Harvard, d'Oxford et de Göttingen, eux aussi transformés en potaches. Comme eux, je somnolais, après cette longue nuit sans sommeil. C'est à peine si j'avais prêté attention à la femme qui venait de prendre place sur l'estrade officielle, un peu boulotte, les cheveux blonds déjà grisonnants coupés court, et que présentait avec une emphase toute romaine le président de séance : « Madame Judith Desgranges, dont nous connaissons les importants travaux sur l'art du Quattrocento et dont la compétence, etc. ». Aujourd'hui, quand je repense à cet instant et que l'émotion remonte en moi, je ressens à nouveau, dans son incroyable progression, la succession des pressentiments, des signes avant-coureurs, puis du trouble, une sorte d'affolement sans cause, puis de panique. Je m'étonne alors de ne pas avoir deviné sur-le-champ qui était cette femme mûre et ronde, docte et appliquée que j'écoutais parler tandis que peu à peu revenaient, comme en contrepoint sur ce que j'entendais, les phrases de l'oncle…

La première alerte, le premier tressaillement, encore indéchiffrables, me vinrent avant même qu'elle eût ouvert la bouche, lorsque la surabondance des éloges rhétoriques du président de séance la fit éclater de rire. «Madame Judith Desgranges a trop de finesse pour que les lignes de fuite de la perspective selon Brunelleschi…» Elle s'est mise à rire, d'un rire aussi peu protocolaire que le discours du président l'était immodérément : une cascade de notes aiguës, giclant sur un fond rauque, charnu, charnel. J'ai levé les yeux et je l'ai regardée. Mais je ne pouvais pas encore la reconnaître.

J'avais trop sommeil après ma mauvaise nuit. Je m'assoupissais doucement et c'est lentement, progressivement, qu'au travers de la brumaille de ma demi-torpeur, la voix de Judith (Judith!) amena le second signal, que d'abord je ne compris pas plus que le premier. Le beau et doux nom italien de Brunelleschi, que ramenait sans cesse le sujet qu'elle traitait, prenait dans sa bouche une suavité particulière. Elle le prononçait avec un juste accent, en lui donnant toute sa grâce, avec un très délicat *Bru*, où le *r* était à peine roulé, et légèrement attendri en *ou*. Elle satinait le *s* : et dans mon demi-sommeil, j'écoutais cette syllabe soyeuse et douillette qui revenait à chacune de ses phrases. Ce son était si délicat, si caressant, tous ces *s* si câlins que je mis à en surveiller le retour : je les savourais et je me surpris, alors que je prenais si peu de part à ce qui se disait, à guetter d'autres phrases pour y retrouver cette glissade maniérée, que j'accueillais avec une sorte de délectation lorsque, mouillant tous les *s*, elle prononçait « ce sens de l'espace », ou bien « à Florence, au musée des-zoffices », qu'elle avait l'air de caresser du bout de la langue.

À quel moment ai-je cessé de laisser flotter ces syllabes dans mon oreille et ai-je jeté soudain un pont entre le nom de Judith et les phrases où l'oncle Charles parlait de sa voix ? Je ne sais plus. Pas même une pensée, juste une musique : le son des mots de mon vieil oncle, tels que je les avais lus et relus sur son petit carnet, tout à coup colorés par le son de sa propre voix, et se mêlant à ceux que cette femme inconnue, sur l'estrade, disait avec la sienne, ses mots à elle dits par mon oncle et se superposant aux mots de l'oncle dits par elle : «La perspective dans-zun espace...», « À Florence, au musée des-zoffices...», et puis, tout d'un coup : «Attends-zun peu...», aussitôt suivi, dans une sorte de déflagration, de : «Je veux zun...»

Je me suis redressé si vivement que le potache à ma droite a tourné la tête vers moi, surpris d'abord, puis souriant, comme fait au théâtre votre voisin si vous reprenez brutalement conscience après avoir glissé dans le sommeil pendant un spectacle ennuyeux. Il se pencha, se fit complice et murmura à mon oreille : «Courage, mon vieux, on est presque au bout...»

Je ne peux rien me rappeler des minutes qui ont suivi. Après le sursaut, une sorte de vide s'était installé en moi. J'étais ébahi, pétrifié, au sens propre : comme un caillou sans pensée, en qui se dérouleraient des phrases, des mots, des sons en liberté, superposés ou mêlés, et qui chemineraient parallèlement en une sorte de contrepoint effaré, avec, comme une basse fondamentale, une question pas même formulée : cette voix, dont l'oncle Charles se plaignait si douloureusement de ne pas retrouver le son, mais qui déroulait en lui son fil de douleur par son absence même, cette voix, était-ce celle-là que j'entendais? La voix de Judith?

Les applaudissements me firent à nouveau sursauter : je n'écoutais même plus ce qu'elle disait. Je levai les yeux : elle souriait à l'auditoire. Mon voisin se penchait vers moi : « Pas inintéressant, mais... Je me présente : Jean Pellerin. – Vous êtes l'auteur de... – Oui. – Pierre Voisin. » Nous claquions des mains tout en parlant. « Je suis très heureux. J'avais entendu parler de vous. Vous êtes bien le descendant de Charles Millau ? – Son neveu. En effet, je... – Un homme remarquable... »

Nous nous étions approchés de la conférencière que, déjà, je nommais Judith. Je venais, sans y penser, de trouver l'explication de son nom : elle s'était tout simplement mariée. Mademoiselle Vycherova était devenue madame Desgranges. Je me mis à rire à la pensée que la surprise ait pu à ce point me paralyser, qu'il m'ait fallu dix minutes pour trouver une idée aussi simple. Elle serrait les mains, répondait à des questions et souriait toujours. Le potache jouait des coudes.

– Félicitations. Vous êtes très convaincante, chère madame. Vous connaissez Pierre Voisin ? Nous parlions à l'instant du professeur Charles Millau.

Ses yeux ont plongé sur moi. Bleus.

Elle m'a souri :

– Tiens, vous le connaissiez ?

Je n'ai pas eu le temps de lui dire qui j'étais, ni que j'avais travaillé avec lui quinze ans, ni que j'étais son neveu, son héritier, ni que j'avais lu le carnet de mon oncle Charles, où il parlait d'elle à chaque page. Déjà, avec une étrange impatience, mon voisin, Jean Pellerin, se précipitait :

– C'était un homme d'une science infinie. J'ai eu l'occasion quelquefois de travailler avec lui.

Elle souriait toujours :

– Moi aussi.

Je n'osais pas la regarder en face. Intimidé, troublé, comme pris en faute. Quelle faute ? Doit-on avoir honte de savoir des choses que celle qui vous parle ne sait pas que vous savez ? Comment dois-je regarder cette femme, alors que… Mon oncle, qu'est-ce que je dois faire ? Si vous avez aimé Judith, qu'est-ce que je dois faire ?

Judith parlait à mon voisin :

– J'ai passé ma thèse avec lui. Je lui dois tout…

Elle lui doit tout, disait-elle… Et lui, avec une emphase comique :

– Je le sais. Vous avez fait avec lui un travail remarquable. Je vous admire. J'ai même fort apprécié que vous ayez pu prendre quelque distance avec sa méthode. Car ne vous est-il pas arrivé quelquefois d'être… disons fatiguée, voire découragée par cette rigueur (il chantait sur le mot *rigueur*) et aussi par, oui, une certaine étroitesse de conception, est-ce que je peux oser dire ça ? de conception et surtout de méthode…

Que voulait-il dire ? Cette fois, j'ai jeté un coup d'œil sur le visage de Judith. Elle regardait son interlocuteur bien en face. Rien à lire dans ses yeux. Elle souriait encore. Je me suis précipité, cherchant comment réparer ce qui me semblait une maladresse :

– Pourtant, ne trouvez-vous pas que sa gentillesse…

J'avais parlé trop vite : je restai court, hésitant, comme si le maladroit, c'était moi. Il s'engouffrait déjà dans la brèche :

– Oui, sa gentillesse, comme vous dites. C'était un homme « gentil ».

Il m'a jeté un regard avant d'appuyer :

– Disons sa civilité. Son urbanité. Voyez-vous, c'était un homme d'un autre temps.

Je fixais Judith. Une mécanique répétait en moi : elle ne sait pas que je sais. Nos regards se sont croisés. Je me demandais : se souvient-elle des mots de l'oncle ? Le bavard continuait :

– Vous comprenez, pour moi, l'art, c'est autre chose. Je suis toujours étonné que, de nos jours, on puisse demeurer ainsi un… épigone de cette interprétation purement historicisante des phénomènes artistiques. On en vient à… oui, à… Comme si on pouvait oublier que la perspective, puisque c'est de cela, chère madame, que vous nous avez entretenus si brillamment…

Et il parle à Judith ! C'est à Judith qu'il parle ! À Judith !

– … nous est donnée à penser, non seulement comme, comment dire ? comme une forme solidaire d'une sorte de… d'une sorte de constellation épistémologique, vous voyez ? Mais Charles Millau (Dieu me garde de dire du mal de lui, et de rabaisser son érudition…), Charles Millau était d'un autre temps, d'une autre école…

Je ne quittais plus des yeux Judith, maintenant : son visage rond, son cou, son demi-sourire immobile. Nos regards se rencontrèrent à nouveau et je sus que cet imbécile venait de faire de nous des alliés. Mais de quoi souriait-elle ?

– Mais je voudrais, chère madame, retourner la métaphore. La dépouiller. Oui : la dépouiller de toute connotation totalisante. Ne plus la considérer que comme une sorte de… de dispositif paradigmatique, absolument, éminemment paradoxal…

Il dégustait ses propres mots. Il les savourait en les prononçant. Il leur souriait. Il regardait Judith et surveillait dans ses yeux les envols de papillons par lesquels elle allait lui dire tout l'amour qu'elle éprouvait pour « constellation épistémologique » et pour « dispositif paradigmatique ». Il regardait son sourire avec bonheur et souriait lui-même en s'écoutant poursuivre :

– … et qui par conséquent obéit, par-delà toute référence au réel (comme vous le disiez si justement), obéit à une détermination purement, exclusivement symbolique… Mais, pardonnez-moi, s'en tenir à un système si exclusivement, si tragiquement historiciste, alors que le paradigme perceptif est si évidemment astreint à des déterminations d'ordre purement structurel qui ne…

Il chantait encore sur « purement structurel » mais je n'écoutais plus. Car à mesure qu'il parlait, croissait mon impatience de l'entendre, elle, d'entendre sa voix à elle, d'enfin la reconnaître. Mais, tandis que (comment s'appelait-il ?) Pellerin poursuivait sa dissertation en la semant de petites perfidies envers celui dont il savait bien, même si nous nous rencontrions pour la première fois, que nous étions l'un et l'autre les rejetons, elle continuait à se taire. Je regardais ses lèvres. J'attendais ses mots. Je cherchais dans la forme de sa bouche, dans le dessin de ses lèvres, ce qui pouvait causer le délicat zézaiement dont le souvenir brisait le cœur de mon oncle. Et tout à coup, comme un trait, comme une brûlure, j'ai entendu la voix et les propres mots de l'oncle Charles : « Simonetta… Sur le portrait de Chantilly, Pierre, regardez sa bouche : vous pouvez l'entendre parler… » Ainsi, c'était cela ?

Oncle Charles, quand vous dessiniez tendrement du doigt, je vous ai vu, j'ai vu votre regard et votre sourire, quand vous traciez dans l'air avec le bout de votre doigt la lèvre de Simonetta, telle que l'a peinte Piero di Cosimo, ou bien Pollaiuolo, oncle Charles, à quoi pensiez-vous ? À la beauté de ce portrait que vous m'avez appris à aimer, ou bien aux lèvres de Judith ?

Et justement, sa voix :

– Excusez-moi, je dois-zabsolument partir… J'espère que nous-zaurons l'occasion de nous revoir ces jours-ci… Vous-zêtes-za Rome jusqu'au 8 ? Alors, à bientôt…

Puis, se tournant vers moi :

– Monsieur Voisin, vous voulez bien m'accompagner ?

Et aussitôt, à peine le temps de tourner le dos et de faire deux pas vers la sortie :

– Je ne supporte pas ce type…

Deux pas plus loin :

– Vous êtes le neveu de Charles Millau ?

– Oui, c'est moi. Vous me connaissez ?

– J'ai reconnu son écharpe blanche à votre cou. Vous la portez toujours ? M'accompagnerez-vous jusqu'à la piazza Navona ? J'ai rendez-vous avec ma fille.

Je l'ai suivie et aussitôt l'imprévisible rencontre s'est mise à dérouler, comme une pelote, une suite d'épisodes décousus, dont aucun ne semblait préparer le suivant. Pour l'instant, avec une espèce d'alacrité vive et souterraine, je me voyais transformé en un mauvais élève, celui qui sèche les cours pour suivre une fille. Moi qui avais fait le voyage de Rome spécialement, qui avais passé cette mauvaise nuit en train couchette pour pouvoir entendre ici une communication savante sur des dessins récemment retrouvés et attribués à Sebastiano del Piombo, ce peintre auquel j'avais moi-même consacré tant de soins et de travaux, moi, j'avais quitté l'amphithéâtre en catimini, et j'arpentais la via dei Condotti en regardant les devantures aux côtés de cette Judith...

Cette rue, je la connaissais par cœur : dans la devanture de ses magasins, dépouillant les femmes italiennes de leur babil et même de leur visage, les mannequins ne laissent plus que les moyens d'analyser et de disséquer ce qu'est la mode romaine. C'est naturellement mon oncle

Charles qui, toujours en souriant, m'avait arrêté un jour, et m'avait surpris en me montrant l'un de ces étalages : comment imaginer qu'il pût s'intéresser à la mode ? Mais non : il avait déjà élevé le débat. « Regardez, Pierre... Pas une seule de ces robes ne pourrait se voir à Paris... Ici, tous les stratagèmes féminins sont au naturel, vus à travers une lunette grossissante. Enfin, grossissante... Mais oui : il y a de cela, même au sens propre. De la rondeur. On ne se défait pas si facilement de Véronèse. » J'ai répété à Judith (Judith !) les mots de l'oncle Charles. Elle n'a pas répondu, et je n'ai pas compris d'abord pourquoi. Plus tard, quand nous nous sommes assis piazza Navona, l'idée m'est venue que les petites phrases de mon oncle, elle les connaissait déjà.

C'est qu'entre-temps, Judith, sans le savoir, m'avait mis sur la piste. Nous venions de dépasser le palais Borghese, nous nous étions arrêtés un instant pour feuilleter, sans y croire, quelques liasses et quelques livres sur les étals des bouquinistes lorsque, levant le nez, elle me demanda :

– Ça ne vous ennuierait pas que nous fassions un petit crochet avant d'arriver piazza Navona ? Juste deux cents mètres. J'aimerais entrer une minute dans l'église Sant' Agostino.

Elle n'a pas eu besoin de me détailler les raisons de ce détour. J'avais compris.

– Je voudrais jeter un œil sur le tableau du Caravage…

– *La Madone des pèlerins* ?

– Oui. Je n'ai pas encore eu le temps d'y aller.

Ce fut le premier signe de reconnaissance, dont pourtant je n'ai pu mesurer encore toute la portée : elle n'avait pas encore eu le temps… Nous avions beau nous enfoncer dans la foule romaine, tout occupés de contourner les passants au milieu de la chaussée, rien n'y faisait : l'oncle Charles était déjà avec nous, ou entre nous. Je pouvais déjà presque formuler la phase que Judith allait prononcer. Dans ma tête, je l'ai dite avant elle : « Quand j'arrive à Rome… »

– D'habitude, quand j'arrive à Rome, c'est la première visite que je fasse en débarquant.

J'ai ri. Mais pas tout à fait d'un rire gai : un rire nerveux.

– Une visite protocolaire, en quelque sorte ?

Un rire pincé, comme le mot qui m'était venu à l'esprit. Protocolaire ? Protocolaire, la visite que l'oncle Charles aimait à faire au premier jour de chacun de ses séjours à Rome ? L'église où il m'entraînait ? Protocolaire, le sourire que j'entrevoyais sur son visage quand nous approchions, lorsque nous gravissions les nombreuses marches, qu'il montait lentement, comme pour se préparer à un plaisir attendu, désiré, qu'il s'arrêtait un instant pour mettre sa pipe dans sa poche avant de passer le porche ? Protocolaire ? Je me suis dit : pourquoi cette aigreur en moi ? Elle, paisible :

– Protocolaire, si vous voulez. Je dirais plutôt que je vais lui faire mes dévotions.

Embarrassée. Presque timide.

– Oui : mes dévotions. C'est le mot juste. C'est un tableau qui me touche. Il y a des peintures qu'on admire et d'autres qui touchent. Celle-là fait les deux à la fois. Je me sens devant elle un peu comme la vieille femme qu'on voit au premier plan, à genoux devant la Madone, avec ses pieds sales. Elle a l'air si heureuse, avec son sourire de vieille et ses pieds sales : moi, je suis en adoration, exactement comme elle. Si j'étais croyante, je ferais une vraie prière.

Je me suis demandé : mais qui est-ce que j'écoute ? Elle, là, à mon côté, les mains plongées dans l'amas de vieux livres d'un éventaire en désordre, ou bien la voix de mon oncle qui remontait au fond de moi à mesure qu'elle parlait, avec les mêmes mots, les mêmes images de piété, la même tendresse à demi dévoilée, mais pas tout à fait, par une espèce de pudeur : comme si l'un et l'autre étaient embarrassés de se dire « touchés » et dissimulaient ce flocon d'émotion sous le manteau d'un langage de bigoterie affectée. J'entendais mon oncle me dire en montant les marches, il y a – combien ? dix, douze ans ?, de sa voix légèrement essoufflée : « Pierre, il faut faire une petite visite de dévotion à la *Madone des pèlerins.* » Les mêmes mots. Il me disait : « Aucune Vierge d'aucun peintre, et Dieu sait combien il y en a en Italie et ailleurs, aucune n'est émouvante comme celle-là. » L'oncle Charles disait « émouvante ». Judith récitait. Moi aussi, d'ailleurs. Mais moi, moi je croyais avoir été le seul à faire avec lui, à chacun de nos séjours à Rome, cette « visite de dévotion ».

Je regardais en marchant le profil de Judith et j'ai heurté son coude sans y prendre garde. Combien de fois, mon oncle ? Combien de fois, quand vous montiez les marches avec moi, que vous vous arrêtiez ici pour mettre votre pipe dans votre poche, combien de fois avez-vous pensé à quelqu'un d'autre que moi ? À quoi, à qui pensiez-vous lorsque vous souriiez en montant les marches ?

Elle avait tourné la tête vers moi :

– Cela vous ennuie de faire ce détour ?

– Pas du tout. Je l'aime aussi figurez-vous.

J'avais ajouté « figurez-vous » avec malveillance. Elle n'a pas paru l'entendre. Évidemment : comment aurait-elle compris ?

Quand on s'assied piazza Navona, comme nous venions de le faire, à la terrasse de l'un de ces cafés alignés le long de celle de ses deux faces qui monopolise le soleil, on se sent comme délivré de la parole. C'est naturellement mon oncle Charles qui me l'avait fait remarquer, un après-midi d'avril je crois, ou de mai, dans le temps de l'année où Rome est encore fraîche et déjà lumineuse. « À quoi bon se forcer, Pierre, ne trouvez-vous pas ? Ailleurs, à Paris, ou même à Vienne, il faut meubler la conversation. Pourquoi dit-on "meubler" ? La conversation est-elle faite d'objets inertes, des meubles, des bibelots ? » Il souriait en rallumant sa pipe : « Une conversation-bibelots… C'est peut-être de cela qu'il s'agit, après tout… On "meuble" quand on n'a rien à dire qui soit vivant et on dépose entre les caqueteurs des mots en bois, finement sculptés si l'on est de bonne compagnie, pour remplir l'espace qui nous sépare. Le silence est comme une chambre vide. Comment faire pour être à l'aise ? Où vais-je m'asseoir ? Où reposer les yeux ? Vite, un bibelot pour meubler…

Ici, regarder est une occupation à part entière. Pas tout à fait : Pierre, buvez donc votre Martini... » Et nous demeurions, mon oncle et moi, de longs moments en silence, sous les mêmes parasols à rayures vertes et blanches qui transposaient leurs stries sur notre table et qui adoucissaient les traits de Judith. Derrière elle, l'immense fontaine baroque du Bernin empilait son amoncellement de rochers, peuplé de lions, de chevaux hennissants, de géants barbus se faisant des signaux avec leurs mains (« l'un d'eux, disait mon oncle en riant, pour proclamer l'horreur que lui inspire la façade de Sainte-Agnès, parce que le Bernin haïssait Borromini son rival »), et puis Neptune et ses dauphins, et les façades rouges et ocre, les jets d'eau, les fleurs en pots sur les balcons, et les passants qui se croisent sans se voir, et les dessinateurs qui attendent les touristes pour les portraiturer en se prenant pour Michel-Ange, tout travaille depuis des siècles à saturer notre regard pour nous délivrer de la parole : c'est ce que disait l'oncle.

De fait, Judith et moi ne prononcions plus un mot depuis que nous nous étions assis. Nous n'avions pas eu à nous concerter pour décider où nous allions nous attabler. Sans nous demander laquelle de ces terrasses toutes semblables nous allions choisir, nous l'avions fait sans nous étonner de nous être assis à celle-ci plutôt qu'à une autre. C'est un peu plus tard que j'ai pensé que nous devions avoir nos habitudes. Les mêmes ?... La foule n'était pas encore aussi bruyante qu'elle le serait plus tard dans la soirée, lorsque la place serait envahie par les touristes. Les sons étaient encore distincts, les voix encore claires, en contrepoint sur le bruit des pas. Malgré la distance, on percevait même le violon d'un vieil homme assis au loin sur la margelle du bassin de Neptune et qui jouait tout seul, comme pour lui-même, sans que personne ne s'arrête pour l'écouter. De temps en temps, l'Anglais assis à la table voisine se penchait vers son épouse rose et frisottée pour lui dire quelques mots, que je n'entendais pas.

Par instants, je laissais mon regard effleurer le visage de Judith sur fond de cascade et de rochers, ses beaux yeux bleus, cette (comment dire cela ?) bonté gracieuse qui émanait de lui, accentué par la rondeur que lui avaient apportée ses cinquante ans, elle-même soulignée par la masse de ses cheveux courts, gris et raides. Comment était-elle à vingt ans, quand elle marchait dans les rues de Rome ? Me suis-je posé cette question ? Je ne le crois pas. Elle m'est venue sous la forme d'une réponse : mon oncle, quand il me parlait de la mode italienne, se souvenait sans doute d'avoir promené les yeux sur les devantures de la via dei Condotti aux côtés d'une femme. Et j'ai pensé : il était encore alerte lorsqu'il gravissait les marches de l'église Sant'Agostino.

Sant'Agostino, nous venions d'y entrer. La tiédeur italienne et baroque nous avait enveloppés comme une étole soyeuse et douce sur nos épaules. Comme si ce rôle était inscrit sur ma partition, je m'étais établi dans ma fonction, quelques pas en arrière, contre le pilier, prêt à jeter une pièce de monnaie dans le tronc de bois pour rallumer la lampe qui ne cessait de s'éteindre. Il y a dix ans j'avais le même geste, et au petit bruit de crécelle que faisait ma pièce en tombant réapparaissait aussitôt la silhouette de Judith à la place exacte qu'occupait autrefois mon oncle recueilli devant ce tableau qu'il aimait et auquel il venait faire, c'était son mot à lui, pas le sien à elle, « ses dévotions ».

Elle a fait un mouvement et tourné la tête vers moi.

– Je vais…

D'un air affairé, préoccupé, elle explorait son fourre-tout, dans lequel son avant-bras disparaissait presque entièrement et s'agitait avec nervosité.

– Je ne trouve plus mon porte-monnaie…

– Vous avez besoin de quelque chose ?

L'instant où la femme se trouve démunie, embarrassée, c'est celui où l'homme se réveille.

– Non, le voilà…

Elle a tourné la tête vers le bassin de Neptune, derrière le flot des passants, au milieu de la place :

– Je voulais écouter ce vieux…

Elle me désignait le violoniste qui continuait à jouer, tout seul, là-bas. On discernait à peine le son de son violon comme un minuscule filet clair au-dessus de la rumeur des voix et des pas.

– Vous avez vu : personne ne s'arrête pour l'écouter. Il y a une de ces pagailles dans mon sac…

Elle s'est levée et je l'ai regardée s'éloigner, sa robe à fleurs s'épanouissant dans le soleil. Elle a contourné un groupe d'adolescents agglutinés autour d'un portraitiste et qui s'esclaffaient aux dépens d'une malheureuse assise, sérieuse et craintive, recroquevillée sur son ego qu'on était sans doute en train de malmener à coups de fusain. J'ai vu Judith s'arrêter un instant, jeter un œil par-dessus les épaules des garçons et éclater de rire. Je me disais : que devient-on, qui est-on, quand on est devenu l'otage de celui qui saisit votre visage, le dépouille de ce que votre volonté, votre conscience, votre désir imagine qu'il est, et en fait ce qu'il veut ? Anna Karénine aimait-elle ce que Mikhaïlovitch avait fait d'elle, et qui a tant surpris Constantin Lévine ? Est-ce qu'elle s'y retrouvait, est-ce qu'elle y retrouvait son âme ?

Judith était immobile, au loin, debout, en face du violoniste qui continuait de jouer sans lever la tête. Je tendais l'oreille pour entendre le faible son de son violon, que je percevais à peine, sans distinguer de mélodie, comme un fil ténu, impondérable, par-dessus le bruit de la foule. Je regardais Judith, immobile. Après un long moment, elle s'est baissée, sans doute pour déposer une pièce. Elle est demeurée immobile encore un long moment, avant de se retourner et de traverser la place. Elle s'est assise et m'a souri.

– Vous avez entendu ? Il joue mieux quand on l'écoute.

Était-ce ma mauvaise humeur qui remontait ?

– C'est à cause de l'argent que vous lui avez donné.

– Pas du tout. Il a commencé à mieux jouer quand je suis restée à côté de lui, bien avant que je lui aie jeté mon petit billet...

– Alors c'était pour que vous le lui donniez.

Elle s'est tournée vers moi et j'ai vu son rire avant même qu'il n'éclate.

– Vous avez peut-être raison. J'avais tellement envie de lui faire plaisir que j'ai cru qu'il m'en faisait autant.

Je l'ai regardée et je me suis inventé une oreille plus fine que je ne l'ai :

– Non, c'est vous qui avez raison. J'ai remarqué qu'il... oui : qu'il avait plus de son. Plus de liant.

Nous avons ri tous les deux. Qui croyait l'autre ?

La suite est arrivée presque aussitôt, sans davantage prévenir. Elle s'est penchée vers moi, le regard espiègle tourné un peu de côté, et un léger sourire sur la lèvre :

– Excusez-moi... Vous... Vous avez vu ce type, là, à votre droite, un peu derrière vous ?

J'ai compris au quart de seconde : et aussitôt, cette pointe acide en moi, que le violoniste avait presque effacée, est remontée dans ma gorge. Sans tourner la tête, j'ai répondu :

– Que je le regarde... Vous voulez dire : maintenant ? Ou dans trente ans ?

La petite cascade de son rire a glissé sur moi :

– Vous connaissez le jeu de Charles Millau ?

Si je connaissais le jeu de mon oncle !... J'ai fait *oui* de la tête.

Voilà : cette fois, l'oncle était officiellement installé entre nous, non plus dans mes arrière-pensées, ni dans nos dialogues parallèles, mais ouvertement, nommément. Il était assis là, à cette table, avec elle, avec moi, avec nous deux. Entre nous deux. Je n'osais plus lever les yeux sur elle. Elle connaissait le jeu... J'aurais dû y penser. Alors ? Des questions se sont mises à tourbillonner dans ma tête. Que savait-elle de moi ? Que voulait-elle savoir ? Je me suis forcé à la regarder, et mes yeux sont tombés sur ses cheveux grisonnants. Mon oncle et Judith, c'était il y a trente ans... J'étais à peine né... Je me suis traité d'idiot.

J'ai pris la tangente pour répondre, avec sans doute un peu de nervosité dans la voix :

– Mais ce n'était pas un jeu. Mon oncle ne jouait jamais, ni au bridge, ni aux échecs, ni aux dames. Il détestait absolument toutes les formes de jeu.

– Comment, il ne jouait pas... Pas aux jeux de société, évidemment : c'est tout juste s'il savait reconnaître les cartes du *Tricheur* de La Tour...

Cela, je le savais...

– Mais son jeu personnel, son jeu privé, c'était celui-là : regarder les gens.

J'ai tourné la tête, j'ai jeté les yeux sur l'Anglais. J'entendais : « Le nez, Pierre, regardez le nez... », et j'ai pensé : combien de fois, mon oncle ? Ici, peut-être ? Vous avez joué ici, « joué », comme elle dit, à cette terrasse, à cette table, sous ce parasol ? Il me semble que j'étais en train de devenir jaloux. J'avais envie de combattre.

– Mais non. Je vous assure. Ce n'était pas un jeu, du moins pas ce qu'on appelle un divertissement. C'était une très sérieuse occupation de son esprit, une certaine manière de regarder, en prenant du recul dans le temps.

– Mais si, c'était un jeu. Un jeu grave, si vous voulez, un jeu sérieux et même parfois cruel, mais c'était un jeu. Il souriait en y jouant.

– Non, je ne crois pas. C'était une faculté de son esprit : en regardant les gens, il les faisait pénétrer avec lui dans le temps. Il regardait son voisin de table (je n'ai pu m'empêcher de lancer un nouveau regard à l'Anglais) avec les yeux étonnés d'un contemporain d'Urbain VIII ou de Laurent de Médicis : c'est pour cela que vous aviez l'impression qu'il souriait. C'était l'expression de son étonnement. Comment peut-on être aussi ridiculement habillé ? Pourquoi n'a-t-il pas de chapeau à plume ? Pourquoi ne porte-t-il pas d'épée ? Et sa femme…

– Vous voyez, vous jouez, vous aussi…

– Mais non ; je ne joue pas. Je regarde du fond du temps un homme d'aujourd'hui, et je le trouve ridicule avec sa chemise à carreaux. Et grotesque de ne pas voir son ridicule. Mais mon oncle faisait aussi l'inverse : il transformait son voisin en un Florentin du Quattrocento...

– D'un coup de baguette magique...

Je m'emballe, je fais un cours, et elle ne cesse de m'interrompre. Je suis agacé comme un prof de cinquième avec un élève qui bavarde.

– Et du coup il le jaugeait comme s'il y avait entre eux trois siècles de distance, et dans les deux sens : regarder un homme trois cents ans après, ou l'imaginer trois cents ans d'avance.

Moi, raide et doctrinal. Elle, un peu rêveuse :

– Il plissait les yeux et souriait : « Comme les hommes sont étranges... Ils trouvent leurs pensées évidentes, ils pensent que leurs petits gestes quotidiens sont naturels, mais s'ils savaient... »

– Aussitôt, il projetait son imagination dans un point du futur exactement symétrique du passé où il se trouvait : « Comme on va nous trouver stupides... »

Nos regards se croisent. Je me dis : nous parlons exactement de la même chose. Mais est-ce justement la même chose ? J'embraye :

– Sortir du temps. C'est-à-dire ne pas se contenter de ce qu'il voyait, mais aussitôt élargir le problème, ou plus exactement poser un problème, le fond du problème, à partir d'un détail de la vie ordinaire, du temps de Vermeer, ou de notre temps. Cette faculté de sortir du temps était un incroyable instrument, un outil.

Elle me coupe :

– Un jour, je me regardais dans un miroir... Il m'a vue...

J'ai baissé les yeux. Il la regardait se regarder dans un miroir ? J'ai ruminé : tais-toi, idiot.

– Il m'a dit : « Imaginez ce qu'était l'univers des femmes quand les miroirs n'existaient pas. Miroir... gentil miroir... » Il fredonnait. « Autrefois, les femmes étaient tributaires de ce qu'on leur disait qu'elles étaient. Elles étaient aussi belles qu'aujourd'hui, mais elles ne le savaient que par le regard des hommes. La conscience qu'elles avaient de leur beauté était nécessairement "réfléchie", entre guillemets. C'était une beauté seconde, une beauté au deuxième degré. Maintenant, elles sont belles au premier degré, en se regardant dans un miroir qui leur renvoie leur image brute. Elles n'ont plus besoin des hommes. »

Moi :

– C'est quand même pour les hommes qu'elles sont heureuses d'être belles ?

– Oui, bien sûr ; mais elles contrôlent avant. Votre oncle disait : « La relation des hommes et des femmes a changé quand on a inventé le miroir. » Il me faisait une histoire du miroir, il me parlait de Venise, du commerce et de l'industrie du miroir, et m'affirmait que quelque chose change dans le monde à cause de Venise au XVIe siècle. Avant le miroir, une vieille femme était une vieille femme, point. Et à un moment de l'Histoire, elle ne peut plus accepter de vieillir de la même manière. Le miroir est responsable de toutes les fausses beautés…

– Mais ne croyez-vous pas que le regard des hommes les trompait aussi ?

– Bien sûr. Et aujourd'hui elles regardent ce qu'elles veulent dans l'image que leur renvoie le miroir…

Son rire encore…

– Vous voyez que c'était un jeu…

J'écoutais ce trille léger dans l'aigu de sa voix, qui descendait moelleusement en une glissade et s'épanouissait dans le grave, s'étalait, s'abandonnait. J'entendais au fond de moi la voix de l'oncle qui récitait les mots de son petit carnet : « Prenez-moi, j'aime qu'on m'aime… »

– Mais si, je vous assure…

Elle avait une manière de prononcer « je vous assure » (« je vous-zassure… ») en me regardant droit dans les yeux qui forçait la conviction. J'ai baissé les miens. J'essayai de me retrouver, moi, ici, sous ces parasols vert et blanc, assis à côté de mon oncle, regardant les gens. Mais elle a repris, et sa voix a brusquement changé.

– Non, j'exagère. La vérité, c'est qu'il regardait les visages comme s'ils étaient peints. Pour lui, ce n'étaient pas des gens, c'étaient des portraits. Enfin : des portraits virtuels, des portraits en puissance. Un visage, c'était la matière d'un portrait. Un portrait pas encore fait... Et en face de certains portraits, votre oncle voyait des gens : il devenait une espèce de romancier. Il inventait des histoires...

Je me raidissais. Toujours cette petite colère larvée qui s'installait en moi. Un romancier, mon oncle ?... J'ai bougonné :

– Il regardait aussi les traits de pinceau... C'est même ce qui le passionnait : retrouver la main du peintre.

– Ne me faites pas dire ce que je ne dis pas. Je dis qu'il regardait les gens dans la rue comme s'ils étaient leur propre portrait. La même personne, mais – comment dire ? – pas tout à fait finie, pas tout à fait construite. Un visage d'homme ou de femme vivant, c'était une esquisse, un brouillon. Et dans les musées au contraire, il regardait les portraits comme si c'étaient des gens, avec une histoire. Des visages enfin achevés...

J'ai à nouveau jeté un œil vers l'Anglais. J'ai essayé de le voir avec les yeux de l'oncle Charles. Il murmurait quelque chose en se penchant vers l'oreille de sa compagne. Il aurait fallu que je puisse voir ses yeux pour redessiner sa bouche : la bouche et les yeux sont indissociables, disait mon oncle. Ils se confortent, mais parfois se contredisent. Ils jouent la même partie avec des techniques différentes : et alors cela dissone. La femme riait, de ce petit rire sec et rétracté qu'ont certaines Anglaises. Il aurait fallu que je la voie, elle aussi, mais elle me tournait le dos et ne me présentait que ses cheveux blond-roux frisottés sur un cou épais et rose.

– Vous voulez dire que mon oncle projetait dans le temps les visages peints comme il faisait des passants, qu'il leur inventait un passé et leur imaginait un avenir ?

Elle n'a pas répondu tout de suite, mais m'a regardé un moment. Je me suis contracté un peu plus sous ce regard, comme si…

– Mais enfin, cher monsieur… Vous permettez que je vous appelle Pierre ?

– À condition que je vous appelle Judith.

Elle a continué à me regarder en silence. Judith… Il n'y avait pas une heure que je parlais avec elle. Que savait-elle de moi ? Que savait-elle de ce que je savais d'elle ? Je n'ai pas eu le temps de penser plus avant. Déjà elle m'interpellait :

– Je n'arrive pas, Pierre, à imaginer que vous avez travaillé avec lui si longtemps et que vous… Combien de temps ?

– Quinze ans. D'une certaine manière, je continue.

Elle, combien ? Les dix secondes du regard qu'elle avait concentré sur moi, c'était un jugement, une évaluation. Moi, je n'avais pas de chiffre à mettre en balance. Si, un. Je la regardais, et quelque chose au fond de moi lui a dit : dans le jardin du Luxembourg, vous auriez pu avoir un enfant de trois mois ; vous l'avez dit, il l'a écrit, je l'ai lu. Mais vous ne savez pas que je l'ai lu.

– Quinze ans ! Et en quinze ans, il ne vous a rien raconté ? Pas la moindre histoire ?

– Je ne comprends pas…

– Vous ne l'avez jamais vu dans un musée, vous ne…

Je pouffe intérieurement : comment, si je n'ai pas vu mon oncle dans un musée ? Mais tous les jours, tous les jours…

– Vous n'avez pas vu l'expression de son visage devant un portrait qu'il affectionnait, je ne sais pas, *La Petite Fille à l'oiseau mort* ?

– Celui du musée de Bruxelles ?

Si j'avais voulu lui signifier qu'on ne me prend pas facilement en défaut, même en me citant à dessein un petit tableau peu connu d'un peintre anonyme, c'était raté. Son coup d'œil m'a enfoncé dans mon dépit, comme si elle se moquait de moi : eh bien, quoi ? Est-ce qu'il existe une autre *Petite Fille à l'oiseau mort* qu'au musée de Bruxelles ? Bien sûr que j'avais vu, et même plusieurs fois, l'oncle Charles longuement arrêté devant cette petite peinture flamande qui le touchait, je le savais. Il me faisait remarquer la finesse des plissés sur la manche de cette fillette aux grands yeux tristes qui tient dans sa main un moineau à l'aile pendante. Je l'entends encore : « Regardez, Pierre, comme il fait fondre ce bleu de Prusse sur un fond dont il nous fait deviner le safran sans nous le montrer vraiment... Quelle finesse... Et tout cela pour mieux encadrer le bleu de ses yeux... Quelle science... Qui a pu peindre ce tableau ? » J'ai fermé les yeux un instant et je l'ai vu : grave, concentré ; oui, c'est vrai : attendri, touché, ému. La voix de Judith m'est parvenue de loin, surimposée à celle de l'oncle Charles :

– Il l'avait baptisée Margreet... Margreet van quelque chose. Attendez...

Elle a fermé les yeux à son tour, mais avec un sourire comme si, de ce qu'elle cherchait dans une cachette de sa mémoire, émanait un avant-goût de douceur et de charme, qu'elle ressentait avant d'avoir su l'identifier.

– Voilà... voilà... Margreet van Kleeneberg; cela veut dire «la petite montagne». Votre oncle avait inventé ce nom et il se le répétait avec amusement en exagérant ses sonorités du Nord, comme pour dissimuler une espèce de tendresse de vieux grand-père.

Elle répétait à son tour : «Margreet van Kleeneberg.» Jamais entendu ce nom. À moi, monsieur mon oncle ne racontait pas d'histoires. Il me parlait peinture. Je me sentais devenir hargneux, à mesure qu'elle poursuivait :

– Il l'imaginait... Non, il ne l'imaginait pas : il la voyait vieille, comme on pouvait l'être en ce temps-là à cinquante ou soixante ans, avec les mêmes yeux gris bleu. Mais il ajoutait : «Regardez. Elle a cinq ans, et déjà des yeux de vieille femme, avec la paupière inférieure un peu pendante à cause de l'âge. Déjà, déjà l'amorce de cet affaissement au coin de la paupière.»

Là, je reconnaissais exactement la technique de mon oncle Charles : on prend tout ce qui se trouve sur un visage, et on le modifie selon que ce qu'on voit préfigure ce qu'il sera. Sans y songer, je tournai la tête vers l'Anglais, et je faillis rire :

quelle tête il allait avoir… Et il ne s'en doutait pas. Mes yeux retombèrent sur Judith, et quelque chose me surprit dans son expression. Elle était en train de murmurer : « Pauvre petite… » J'ai mis un moment à comprendre : ce n'était pas elle qui parlait, mais l'oncle.

– Il la regardait avec une infinie tendresse et répétait : « Pauvre petite… » Il me montrait sa bouche, ses petites lèvres serrées, fermées sur cette incompréhensible cruauté du monde, la mort d'un oiseau. Première rencontre avec le mal. Je l'entendais murmurer : « Quoi, le mal ? Qu'est-ce que c'est le mal ? » Il se tournait vers moi et me disait : « Regardez-la. Elle a cinq ans, et elle refuse. Regardez sa bouche. » Et je l'entendais murmurer entre ses dents « Neen. Neen. Neen. » Et puis : « Ce n'est pas la bouche, c'est le rapport de la bouche et des yeux. »

Exactement ce que je venais de penser, l'instant d'avant.

– Puis il me montrait la douceur de ses mains rondes (il disait : « menottes »), qui tiennent négligemment l'oiseau mort, comme si toute l'attention de la petite fille s'était déplacée, avait quitté l'oiseau pour se fixer ailleurs, vers ce qu'elle regarde avec une concentration, une fixité incroyables. « Regardez, regardez… », et il désignait du doigt les yeux bleu-gris : « Vous voyez ? » Il attendait, pour voir si j'avais compris. « Le peintre s'est refusé à déposer, du bout de son pinceau, la petite touche de lumière, la petite étincelle qu'on voit sur tous les yeux de tous les portraits de tous les peintres de tous les temps. Ses yeux sont lisses. Rien à lire. » Et il ajoutait : « Elle est absente. Elle n'est pas là. Elle est partie… » Il commençait alors à murmurer entre ses dents toute son histoire. « Elle avait un petit oiseau chéri. Elle le regardait sautiller dans sa cage, elle lui apportait chaque matin et chaque soir sa ration de graines. Elle remplissait, avec le soin que les petites filles savent mettre aux choses importantes, la capsule d'eau qu'elle accrochait aux barreaux. » Il continuait à inventer : « Après chaque repas, elle ramassait les miettes sur la table pour les lui apporter, et quand elle mangeait, elle picorait dans son assiette avec le bout de ses doigts pour imiter son oiseau, qui était le charme, la vie, la poésie de la vie, la musique, la beauté, la tendresse, l'amour… Ce matin-là, elle crie : “Mama ! Kleen Fifi is tood !” » J'entends encore votre oncle murmurer « Mama ! », avec le ton exact de cette angoisse d'enfant. Il me faisait venir les larmes aux yeux, votre oncle.

Je regardais Judith fixement. Ses yeux à elle, baissés : vers quoi ? Sa mémoire ? L'oncle ? La voix de l'oncle ? Le tableau ? Ce jour-là à Bruxelles ? La tendresse de l'oncle pour la petite fille du tableau, qu'il baptisait comme pour en faire sa propre fille, sa propre petite fille ? Ou la tendresse pour Judith, pour une femme, une vraie femme, réfléchie, répercutée sur ce petit visage peint ? Et moi ? Qui étais-je, moi, à côté de mon oncle devant ce même petit visage peint ? « Regardez, Pierre, ce bleu de Prusse... » Pourquoi l'oncle Charles me parlait-il de bleu de Prusse ? Et quand j'étais là, à son côté, à quoi pensait-il ? Pourquoi dans son carnet n'avait-il jamais parlé de voyage à Bruxelles ? J'écoutais Judith me raconter mon oncle Charles lui racontant l'histoire de Margreet van Kleeneberg, et j'ai tout à coup pensé : est-ce qu'elle invente aussi ?

Je la regardais, dans la perspective de la grande fontaine du Bernin, tout étincelante dans le soleil d'après-midi. Elle avait baissé la tête dans l'ombre légère du parasol vert et blanc qui adoucissait par contraste ses traits. Elle aussi était partie ailleurs, recroquevillée sur cette histoire qu'elle me racontait et dont elle semblait connaître tous les mots par cœur après vingt-cinq ans. Je me répétais : est-ce qu'elle invente ? Comment peut-elle se rappeler toutes les phrases ? L'oncle Charles ne racontait pas d'histoires. Ce qu'il voyait sur un visage, il l'analysait avec tant de finesse qu'il pouvait déchiffrer la totalité d'une personne : mais il n'ajoutait pas d'anecdotes, il ne récitait pas de contes, il n'inventait pas de légendes.

Pourtant, ce que me racontait Judith me touchait, parce que c'était vrai : la petite fille à l'oiseau mort était exactement telle qu'elle la décrivait et sa légende me touchait ; j'entrais dans son récit avec – quoi ? de l'affection ? Un retour de l'émotion pour ce petit tableau que j'avais aimé, que mon oncle m'avait fait aimer ? Mon oncle, pas elle.

Elle continuait, et je ne savais plus qui parlait : elle, ou l'oncle.

– Elle ne pleure pas. Elle regarde fixement sa mère, de ses yeux sans lumière. Sa mère, votre oncle l'avait baptisée aussi : Anneke. Anneke, avec toute sa gentillesse de maman tendre, essaie de lui expliquer l'existence, la vie, le malheur, les choses qui passent, l'oubli. Elle lui dit qu'elle l'emmènera demain chez le marchand de Huidenvettersplaats et qu'elle lui achètera un petit canari jaune encore plus joli. C'est difficile de consoler, disait votre oncle. On en rajoute, on en rajoute... Mais Margreet ouvre ses grands yeux et on voit, on lit, sur son front, sur sa bouche, dans ses yeux grands ouverts et lisses, on lit ce refus, qu'elle ne se formule pas, pauvre petite de cinq ans qui ne sait rien de la vie, mais qui est en train de fermer un coin de son cœur, et pour toujours. Et votre oncle continuait à me raconter l'histoire de cette enfant inconnue sur un tableau d'un peintre inconnu. Quand elle aura seize ans, elle se mariera... Vous voyez : je sais tout par cœur... En sortant du musée, le soir, j'ai tout écrit.

Tiens... Elle aussi, elle écrivait... Cette fois, je lui ai souri.

– Moi aussi, j'écrivais, quand je sortais des musées...

Je me suis retenu de dire : l'Accademia. Après avoir cheminé lentement en lui donnant le bras pour l'aider dans sa marche pénible, sur les ponts de Venise, en sortant de l'Accademia, j'écrivais. J'ai des cahiers entiers de ces notes griffonnées le soir dans ma chambre d'hôtel, avec les phrases de mon oncle. Mais pourquoi, à moi, ne parlait-il que des plissés des manches et du fondu délicat du bleu de Prusse ?

– Vous voyez, il inventait tous les détails, mais c'étaient des détails vrais. Il inventait même le nom de celui qu'elle épousait à seize ans, le neveu du bourgmestre, Jans... Attendez... Ver... Verde...

J'ai sursauté. Je connaissais ce nom-là.

– Votre oncle ne déchiffrait pas seulement les visages, vous savez. Il lisait tout, il transcrivait, il traduisait : les habits, les bijoux, les coiffes, la finesse du plissé des manches…

Ah ! Tout de même ! Il lui en parlait aussi…

– Tout cela lui faisait clairement savoir qu'à l'âge de seize ans elle épouserait le fils d'un notable, et non celui d'un commerçant ou d'un aubergiste. C'était écrit, vous comprenez ? Enfin, peint. Il ne lui restait plus qu'à donner à ce jeune homme un nom. Ou plutôt ce nom lui venait spontanément à l'esprit, tant il se mouvait dans le concret des choses, le quotidien, le naturel, la vie. Où est-ce que j'en étais ?

Elle parlait, je l'écoutais : mais ma pensée avait brusquement bifurqué et je trifouillais dans ma mémoire, sans trop savoir ce que je cherchais. Que venait-elle de dire ? Je la regardais fixement. Je ne sais ce qu'elle pouvait lire dans mes yeux. J'étais muet : je veux dire que le fond de moi était muet de stupeur et je ne comprenais pas pourquoi.

– Vous disiez qu'elle se marierait avec le fils – non : le neveu – du bourgmestre, Jans Verde… je ne sais plus quoi.

Étrange, la mémoire… Pour l'instant, la mienne était bloquée, comme si l'étonnement avait installé en moi une immobilité, une inertie. J'avais baissé les yeux et je creusais à coups de pioche dans ce vide au fond de moi-même. Sans savoir ce que je voulais y retrouver. Jans Verde… J'ai eu un petit mouvement d'hilarité muette en faisant un jeu de mot malséant : et c'est peut-être ce qui a remis la machine en route. Avant même d'avoir retrouvé les syllabes de son nom, je l'ai vu : un grand et gros homme roux, penché au côté de mon oncle Charles, dans la réserve du Rijkmuseum d'Amsterdam et riant d'un énorme rire rocailleux. C'est ce rire qui m'a fait retrouver son nom : Jans Verdegans. Si heureux de faire découvrir à mon oncle cette gravure où Rembrandt lui-même s'était griffonné, en train de rire lui aussi, d'un rire gras dont on se demande (puisqu'on ne l'entend pas), s'il est drôle ou s'il est poignant, lourdement, pesamment pathétique. Verdegans… Mon oncle avait fait du nom de ce gros et jovial conservateur de musée une sorte de juron, qu'il proférait avec une emphase comique pour souligner que le désagrément n'était pas bien grave. Il disait « Verdegans ! », comme on dirait en riant « Ventre Saint-Gris ! » ou « Saperlipopette ! ». Les yeux baissés, j'ai prononcé : « Verdegans ! »

Judith s'est mise à rire :

– Oui, oui : Verdegans…

Puis, plus doucement, comme si elle aussi rejoignait quelque chose en elle :

– Votre oncle riait en prononçant son nom.

Mais moi, je continuais sur ma lancée. Ainsi Judith n'inventait pas? Ce qu'elle me racontait n'était pas né de son imagination à elle. C'est mon oncle qui avait emprunté le nom du gros conservateur néerlandais, en avait fait son plaisant juron avant d'en affubler le fils – non, le neveu – du bourgmestre qu'il inventait, lui.

– Votre oncle était un romancier. Je ne vous crois pas, Pierre, quand vous me dites que devant un visage peint, ou devant un visage vrai, il ne procédait qu'à un petit jeu intellectuel.

Je suis dans la tourmente. Je ne peux pas accepter qu'elle qualifie mon oncle de romancier. Mais elle m'assène des preuves qu'il lui racontait (à elle, pas à moi) des histoires, avec des personnages portant des noms que je connais. Je m'arc-boute :

– Devant un portrait, devant un visage, il analysait, il théorisait même, parfois. Il disait : « Les visages changent avec l'âge; mais pas le profil. Regardez le profil... »

– Vous me faites toujours dire ce que je ne dis pas : vous êtes terrible, Pierre... Je n'ai pas dit que votre oncle ne réfléchissait pas et ne pensait pas. Je dis...

Elle me regarde et éclate de rire.

– Moi aussi, j'exagère, vous savez... Je dis qu'au-delà, ou plutôt à l'aide de ses savantes déductions, de ses subtiles analyses, il fabriquait des destins. Il composait des histoires. Il les vivait. C'est pour cela qu'il baptisait les gens : pour les faire exister. L'homme au gant, vous comprenez, Pierre, c'est quelqu'un. Pourquoi cette gravité, cette mélancolie dans son regard ? À quoi pense-t-il ? Attention : il ne s'agit pas de se contenter de donner un nom à la jeune fille qu'il aime. La question, c'est : quel est le secret, le grave secret, de son âme ? Margreet à seize ans, il la voyait : souriante comme n'importe quelle jeune mariée, le jour de ses noces. Et plus tard arrangeant des fleurs sur la table avant le repas. Et encore lorsque mourra l'un de ses nouveaux-nés (vous voyez, Pierre, il racontait toute sa vie), Margreet ne saura pas que cette lassitude d'âme qu'elle éprouve lui vient de ce jour où elle a écouté Anneke, sa gentille maman, lui expliquer la vie alors qu'elle tenait dans ses mains son petit oiseau mort et que quelque chose murmurait au fond d'elle-même : « Neen, neen, neen… »

Elle s'est tue un instant, ses yeux dans le vague, ou bien caressant la façade de Sainte-Agnès. Puis, très doucement :

– Votre oncle était un homme très touchant.

Cela, je le savais. Il suffisait de dépasser la raideur un peu désuète qu'il affectait, ce que sa courtoisie souriante permettait de faire en un instant, et on découvrait aussitôt, comme elle disait, un homme très touchant. « Pierre, auriez-vous la gentillesse de regarder dans le classeur de la Royal Collection de Londres… » Mais pourquoi à moi, pourquoi à moi ne parlait-il que de la finesse du plissé des manches et de la subtilité des fronces de la chemise de l'homme au gant ? Pourquoi ne me parlait-il pas de son âme, et ne me racontait-il pas l'histoire de Margreet ? Étais-je indigne de recevoir la confidence de ses imaginations ? N'étais-je qu'un esprit sec, à qui on parle de technique et de coups de pinceau ? Ou bien avec un débutant faut-il, en bonne pédagogie, ne pas dérailler de la rigueur et de la méthode ? Et à une débutante ? Que fait-on avec une débutante, mon cher oncle ?

J'ai levé à nouveau les yeux sur elle avec un petit échauffement de colère qui a tourné court à l'instant où j'ai croisé le bleu des siens. Et si c'était mon oncle qui s'était desséché ?

Silence.

Le bleu des yeux de la petite fille à l'oiseau mort. Nous avions fait le voyage de Bruxelles pour rencontrer un collègue très savant. Nous parcourions la galerie du musée. Mon oncle s'était arrêté devant ce petit tableau : trente centimètres sur quarante. « Pierre. Regardez ses yeux. C'est le seul portrait que je connaisse où le peintre se soit abstenu de déposer le petit éclair que tous les peintres de tous les temps... » Des yeux bleus, mais morts. À quoi pensait l'oncle Charles ?

Était-ce mon oncle qui s'était desséché avec l'âge ? Ou bien...

Tout bas, c'était maintenant à elle que je m'adressais :

Judith, quand mon oncle vous a quittée (c'est lui qui vous a quittée, je le sais), a-t-il abandonné, en descendant les marches, sa valise à la main (il est parti comme cela, je le sais, en vous laissant seule, dans votre chambre d'hôtel, à Venise), a-t-il abandonné aussi tout ce qu'il y avait de vivant en lui, le romancier, comme vous dites, pour ne me laisser que le subtil dégustateur des coups de pinceau ? Est-ce que mon oncle, celui que j'ai connu, celui que j'ai aimé, celui qui m'a tout appris de ce que j'aime, n'était plus qu'un cœur sec, une âme déserte, qu'il dissimulait derrière son sourire ? Est-ce que le sourire si attachant de mon vieil oncle n'était qu'un masque ?

Impossible. Quand il me parlait de Simonetta, douce, si douce, ce qu'il disait ne venait pas d'un cœur desséché.

J'ai levé les yeux sur elle. Ma mémoire fonctionnait très bien maintenant. « Pierre, la manière dont elle prononce, vous voyez ?... La forme de ses lèvres vous oblige à entendre la douceur de ce zézaiement à la vénitienne... *O felici sospiri e degni pianti...* » Des baisers, mon oncle ?

C'était, il y a combien ? Vingt-cinq ans ? Trente ans ?

J'ai regardé à nouveau les cheveux gris coupés à la garçonne et tout à coup, dans une sorte d'éblouissement, je l'ai vue, elle, Judith, penchée vers moi par-dessus la table, les joues encore épanouies par la chute de son rire, telle qu'elle était trente ans plus tôt, joues plus minces, mêmes yeux pleins de rire, mais sans le cerne et sans les petites rides autour des paupières, plus grands, rieurs mais autrement, plus légèrement, et ces cheveux blonds comme tout l'or de Danaé, riant, riant et criant de joie : « Carpaccio, oui ! Bellini, oui ! Antonello de Messine, oui, oui ! »

J'ai dû avoir un drôle de regard. Elle s'est arrêtée court.

– Vous jouez ? Je veux dire : vous êtes en train de jouer avec moi ?

Elle s'est aussitôt remise à rire en me regardant. J'ai ri aussi, sans répondre.

Et c'est à cet instant exactement qu'une jeune fille, tout à fait semblable à la Judith que je venais d'entrevoir, le même visage mais plus allongé, les mêmes yeux bleus mais plus grands, vêtue d'un tee-shirt blanc et d'un jean, posa sa main sur son épaule et se pencha pour un baiser :

– Salut, maman !

Le visage rond de Judith s'épanouit d'un coup : ses joues lorsqu'elle les tendit de côté en levant la tête, les yeux dont le rire s'amollit en une sorte de câlinerie gaie, tandis que sa main faisait le tour de la nuque courbée vers elle et caressait les cheveux blonds.

Apparemment, on m'avait déjà oublié.

J'ai donc eu tout le temps nécessaire : et voici ce que j'ai pu contempler pendant qu'on ne pensait plus à moi et que, proprement, j'avais cessé d'exister.

Deux visages, presque semblables et absolument différents, sans qu'il soit possible de dire en quoi ils se ressemblaient et en quoi ils étaient autres, ni si l'un était la copie de l'autre, ni lequel était l'original, puisque l'un paraissait tout neuf, tout frais, et que la même chose exactement semblait dans l'autre plus fouillée, plus élaborée, plus aboutie. Nez, bouche, joues : tout était là. On aurait dit que le jeu de l'oncle (et voilà que je pensais : le jeu...) avait cessé d'être un jeu de l'imagination et du rêve et qu'il s'était tout à coup incarné dans deux visages. Celui-ci, baissé vers l'autre et légèrement de profil pour le baiser, et celui-là, face à moi mais entièrement absorbé dans son mouvement d'élévation. Une joue contre une joue : l'une charnue et mince en même temps, contre l'autre, semblable mais plus fluide, plus malléable, à peine plus blanche, creusée d'une grande rigole tendre qui faisait le tour de la bouche. Et les bouches : pareilles, riant l'une et l'autre, l'une plus rose, plus ferme, encore arrondie et gonflée par le mouvement du baiser, rejoignant aux extrémités deux fossettes, dont tout à coup je vis (je ne devinai pas, je n'imaginai pas : je *vis*) que dans vingt ans elles se seraient creusées et allongées en ces deux rides qui cernaient l'autre bouche, un peu plus mauve, un peu plus molle, et qui riait aussi. Et les rires : parallèles, collés l'un à l'autre en un contrepoint à peine sonore, et qui presque aussitôt débouchèrent sur des mots :

– Alors, ma chérie… C'était bien ?

– Super, maman. J'adore…

Et sur ce «j'adore», encore la voix de l'oncle : «Prenez-moi, emportez-moi, j'aime qu'on m'aime…»

À ce moment seulement, les yeux de Judith se dirigèrent vers moi et sa bouche énonça avec une espèce de gourmandise :

– C'est Sarah…

Lorsque Sarah est venue s'installer chez moi, dans la vieille maison bienveillante, prévenante et un peu solennelle que j'avais héritée de mon oncle Charles et qui, jamais, n'avait dû percevoir un seul éclat de voix un peu vif, ni résonner que de la sonnerie du téléphone ou, le matin, de la voix du facteur barytonnant dans l'entrée : «Madame Mariette, j'ai un colis pour vous… », cet après-midi-là, les murs, les livres en rangs serrés, les vieux meubles cirés, les tableaux, les tentures, tout a dû trembler jusqu'au grenier comme un trois-mâts pris dans un coup de tabac. Sarah débarquait, avec sa deux-chevaux vert pomme, ses sacs, ses cartons de livres, son ordinateur, sa couette, et se mettait à tourbillonner avec des cris de joie :

– Mais c'est un château chez toi ! Tu m'avais pas dit !

Non, la maison de mon oncle n'était pas un château, seulement l'une de ces grosses demeures à demi campagnardes comme on en construisait au XIXe siècle, pour des familles de huit enfants, plus la sœur restée vieille fille et la tante veuve d'un capitaine tué à la guerre de Crimée. La cuisine, avec son grand fourneau noir aux poignées d'acier reluisant qui ne servait plus depuis cinquante ans, était beaucoup trop vaste pour la vieille Mariette. Le grand salon qui avait reçu les sous-préfets en visite et peut-être les monseigneurs en tournée de confirmation s'était peu à peu rempli de livres jusqu'au plafond et ne servait plus qu'au travail, celui de mon oncle et le mien, et maintenant le mien seul. Sarah courait partout, le nez en l'air et criant de bonheur.

– Et tu vis tout seul là-dedans ? Tout ça pour toi ? Dis donc, heureusement que j'arrive ! Et ça, où ça va ?

– À la cave…

– Toute pleine de vieux bordeaux sublimes vieux de cinquante ans dans des bouteilles couvertes de poussière. Ouais. Je jubile…

Pour l'instant, ce qui semblait impressionner Sarah plus que tout, c'étaient les tableaux. Elle s'était arrêtée, la bouche ouverte, au milieu de la bibliothèque : mais je voyais bien que son regard, survolant les alignements de livres, s'arrêtait sur les surfaces laissées libres par les panneaux de la bibliothèque où étaient accrochées, sur deux hauteurs, trois, parfois quatre, les peintures préférées de mon oncle Charles, encadrées de moulures dorées. Je regardais la surprise de Sarah, ses yeux grands ouverts, son grand sourire d'étonnement, que dis-je ! de stupeur naïve : comme si d'avoir chez soi, dans sa propre maison, de vrais tableaux comme on en voit dans les musées, suscitait en elle un mélange détonnant, oui, détonnant, c'est le mot, d'incrédulité, d'émerveillement, d'émotion. Elle parlait toute seule :

– C'est pas possible... C'est pas possible... Regarde ça, mais regarde... J'adore.

Ces tableaux n'étaient pourtant ni des Rubens, ni des Van Dyck, ni des Poussin et, à l'exception d'un seul, ils n'étaient pas très grands. C'étaient de belles choses peintes par des maîtres inconnus (sauf de mon oncle, bien entendu), qu'il avait achetées dans des ventes ou des brocantes de province où il les repérait de son œil infaillible et que, surtout, il aimait : et justement, ce qui me touchait dans l'émerveillement de Sarah, ce qui fit monter en moi ce soir-là et les suivants une bouffée de tendresse, c'était qu'elle pût ainsi, d'instinct, déceler l'unité de cet assemblage de petits tableaux hétéroclites, qui était justement l'amour que leur avait porté un vieil homme. Oui, oncle Charles, la passion de la peinture, comme vous disiez...

Il y avait, à gauche, une petite Vierge au beau visage ovale et au très doux regard noir et velouté d'Espagnole, cerclé d'un tendre voile bleu : rien, presque rien, si ce n'est que nous l'avions découverte ensemble, mon oncle et moi, un après-midi.

– Regardez, Pierre... École de Murillo. Un de ses élèves, je ne sais lequel. Peut-être Juan de Valdès, ou bien Luis Salvador... On verra quand il sera nettoyé...

Mon oncle avait un flair particulier, un don de divination. Il était comme un sourcier qui vous affirme, sa baguette de coudrier à la main : « Là, il y a de l'eau... » Dans le capharnaüm d'une brocante pouilleuse, parmi les tables entassées et les fauteuils crevés, il allait droit au coin où étaient empilées vingt croûtes de peintres du dimanche : et c'est là qu'il découvrait son petit trésor. Il me faisait un signe de l'œil et murmurait :

– Allez regarder ailleurs, Pierre, pendant que je négocie. Je le veux pour cent francs...

L'oncle Charles n'était pas avare, c'est tout juste s'il savait compter. Mais si découvrir dans un coin l'œuvre d'un élève de Murillo était déjà un bonheur qu'il savourait et me faisait partager, l'acheter ensuite pour cent francs, c'était un bonheur double, qui n'avait rien à voir avec l'argent, ni même avec la roublardise ou l'art de la tromperie, mais seulement avec celui du sourcier («Je vous avais bien dit qu'il y aurait de l'eau, là… »). Chacun des tableaux, dans la bibliothèque, dans la salle à manger, dans le couloir, au long de l'escalier, avait ainsi son histoire, qui ajoutait le charme de leurs anecdotes à celui de cette sorte de fraternité qui les reliait l'un à l'autre. Dans leurs cadres moulurés et dorés, ils donnaient l'impression qu'on entrait dans un petit musée chaleureux; et sur le visage de Sarah, dans son sourire étonné, dans ses pirouettes, je découvrais quelque chose que je n'avais jamais mesuré, dont je n'avais jamais eu qu'une conscience faible, irréfléchie : oui vraiment, mon oncle, c'était cela, l'amour de la peinture…

– Mais dis donc, c'est ton oncle qui a installé tout ça? Ah, je commence à comprendre… C'était quelqu'un, ce monsieur. Et il t'a tout donné?

C'était la première fois que Sarah parlait de l'oncle Charles.

– Tu connais mon oncle?

– C'est à cause de maman. Elle n'arrête pas de parler de lui. Elle n'a que son nom à la bouche. C'était son dieu…

Voilà du nouveau…

– C'était son prof. Je suis sûre qu'elle était amoureuse. Dis donc, tu te rends compte ? Si maman s'était mariée avec lui, tout ça serait à moi ? Ah, la vache ! Pourquoi tu me regardes comme ça ? Tu te dis que tu l'as échappé belle ? Moi, je m'en fous, tu vas tout me donner si je me marie avec toi…

Elle faisait un tour sur elle-même, explosait de rire et continuait :

– Eh bien dis donc, si je m'attendais à ça ! Tout à la fois : un amoureux un peu cloche mais gentil, un château des mille et une nuits, un musée de rêve, trois tonnes de bouquins, paquet-cadeau et tout. Le gros lot…

Ses cris de joie redoublèrent lorsqu'elle entra dans la vaste pièce qui avait été autrefois la salle à manger, où j'avais vu encore mon oncle prendre ses repas quelques jours avant sa mort, tout seul au bout de la grande table à douze chaises et où il me conviait parfois après une longue journée de travail, pour un dîner que nous servait la vieille Mariette. Il ne mangeait plus beaucoup, picorait quelques bouchées, buvait un demi-verre de bordeaux, mais Mariette persistait à lui préparer des repas dans les règles, hors-d'œuvres, entrée, plat mitonné et petits légumes, fromage, dessert, et une tisane pour finir. Cette salle à manger qui depuis sa mort ne servait plus à rien avait pris, à cause de cette inutilité même et plus encore que le reste de la maison, l'allure d'une salle de musée.

– Mais c'est pas vrai ! C'est pas vrai ! Regarde ça, on dirait, je sais pas…

Elle tournait la tête dans tous les sens, les bras ouverts, s'approchait, se taisait, repartait, riait, regardait.

– C'est pas croyable. Il y a trois mois, j'étais ignare. Maman me bassinait avec son Histoire de l'art, avec un grand *H*. On dit un *h*, ou une *h* ? Une *h*, ça fait drôle. Maintenant, depuis Rome, j'adore. Tu me mets devant un tableau, j'exulte. Tu crois que c'est parce que je suis amoureuse ?

Était-ce parce qu'elle était amoureuse ? Et moi, moi qui la regardais dans son extase joyeuse et bruyante, était-ce parce que j'étais amoureux que ses éclats devant ce que mon oncle avait aimé avec tant de pudeur et de retenue m'envoyaient des bouffées de tendresse, pour elle, pour lui ; et lui, est-ce parce qu'il était amoureux que s'était gonflée en lui ce qu'il appelait « la passion de la peinture » ? Et Judith ? Est-ce que l'amour est capable de vous rendre ainsi sensible à quelque chose à quoi l'on n'aurait pas pensé, dont on n'aurait pas cru devoir être ému ? Ou bien lorsqu'on tombe amoureux, est-ce nécessairement de la personne dont on ignorait qu'elle allait mettre en mouvement ce fonds secret qu'on portait en soi sans le savoir ? Devine-t-on de qui on doit tomber amoureux parce que c'est celui-là, celle-là, qui va vous faire être ce que vous vouliez être ? Oncle Charles, qui étiez-vous ? Et moi, qui suis-je ?

Sarah continuait de virevolter comme un papillon, et moi, je me taisais.

Au-delà de la salle à manger, après un petit couloir carrelé de rouge, avec au mur une fontaine de cuivre et une vasque luisantes comme au premier jour, se trouvait la cuisine : et c'est là que se fit la rencontre de Sarah et de Mariette.

À la mort de mon oncle, parmi les innombrables soucis auxquels il m'avait fallu faire face, le notaire, les droits de succession, le conseiller fiscal, les membres de l'Institut, les universitaires américains, s'était posé le problème de Mariette. Elle avait le même âge que lui, elle avait passé sa vie chez lui, elle n'avait pas plus de famille que lui, et même moins : pas même de neveu. Son neveu, c'était moi. Sa famille, moi. Comme mon oncle, Mariette était une exilée d'un autre temps. Allais-je la renvoyer ? Où ? Dans une de ces maisons de vieux où elle aurait été doublement exilée jusqu'à ce qu'elle meure ? Je lui avais gardé sa chambre, j'ajoutais un peu d'argent à la retraite que mon oncle lui avait laissée et dont elle ne dépensait rien ; et dans l'immense cuisine prévue il y a deux siècles pour dix marmitons et dont elle polissait et brossait les dalles en se plaignant de son dos, elle préparait mon repas du soir. Elle répondait au téléphone quand j'étais absent : « Non, monsieur Pierre n'est pas là. » Elle m'appelait « monsieur Pierre » comme elle avait dit « monsieur Charles » et bougonnait quand quelque chose dérangeait l'ordre établi depuis cinquante ans.

– Mariette, je vous présente Sarah.

– Bonjour, Madame, avait dit Sarah.

Personne, jamais, n'avait dû l'appeler « Madame » ; tout au plus « madame Mariette », l'épicier quand il y en avait encore un au village, ou le facteur dont elle vérifiait l'exactitude en passant devant l'horloge de l'entrée tout en s'essuyant les mains à son tablier : « Bonjour, madame Mariette, j'ai un paquet pour vous. Je ne suis pas en avance aujourd'hui. » Mais « Madame », certainement, non.

Elle avait à peine levé la tête au-dessus des haricots verts qu'elle était en train d'équeuter.

– Il me semblait bien que j'avais entendu du bruit...

Du bruit ?... Le rire de Sarah et ses cris de joie ? Mariette avait sa tête des mauvais jours.

– Je me demandais ce qui se passait et qui pouvait bien crier comme ça. Je suis dure d'oreille, mais quand même.

– Mariette, Sarah va habiter ici. Nous...

Cette fois, elle a levé la tête. Elle m'a regardé, puis Sarah. Ses doigts continuaient leur petit travail, au-dessus de son tablier dans le creux duquel elle laissait tomber les queues des haricots qu'elle cassait en deux avant de les jeter dans une casserole, sur un tabouret à côté d'elle.

– Sarah et moi, nous allons... Nous allons vivre ensemble. J'espère que vous vous entendrez bien. J'en suis sûr. Je...

Je regardais Mariette en train de fixer Sarah, d'un curieux regard, attentif, concentré, et ma phrase se défaisait à mesure. La réprobation bougonne que je voyais dans ses yeux, je m'y étais attendu. Je la redoutais même un peu. Mais il y avait autre chose. Mariette était dure d'oreille, mais elle avait l'œil vif et n'avait pas besoin de s'appesantir longtemps sur ce qu'elle regardait. C'est plus tard, beaucoup plus tard, après le départ de Sarah, que j'ai compris.

Car Sarah ne demeura pas chez moi (dans mon palais, comme elle disait) plus de six semaines. Quarante-trois jours exactement : j'ai eu bien assez de temps par la suite pour faire le compte. Elle est partie le matin du quarante-quatrième, comme elle était arrivée, par surprise. Jamais, pas une fois, il ne m'aura été possible de prévoir l'une de ses décisions ou l'un de ses caprices, pas plus que d'anticiper une de ses boutades, ou de deviner, de flairer, d'imaginer ce que pourrait être sa réponse à l'une de mes questions. Elle répondait à côté. La réponse était indirecte, en biais, comme si j'en avais posé une autre. Ou bien elle était au contraire si affûtée, elle perçait si loin droit dans la cible que je n'aurais pas pu l'imaginer, pas même la pressentir, et qu'elle me figeait d'étonnement. Quant à ses questions à elle, elles ne semblaient pas s'accrocher à ce que je venais de dire : elle avait changé de route pendant la demi-seconde de mon silence, et je n'avais pas le temps avant la suivante de rétablir ma boussole. Toujours pris de court, mais si bien pris que ma lenteur, la succession de petits vides et de petits néants qui se creusaient dans ma pensée à chacune de ses flèches se métamorphosaient de minute en minute en une succession de légers bonheurs nés de l'étincelle inattendue, de la pirouette gracieuse, de la fusée ou de la morsure. Chaque minute m'apportait une raison imprévisible de tomber amoureux : et chaque fois, justement, amoureux je tombais. Le soir, quand elle s'était endormie et qu'enfin j'avais la liberté de penser par moi-même, lorsque je repassais après avoir éteint la lampe les petits bonheurs de cette journée, je me disais qu'habituellement les hommes ont une fois un coup de foudre et ensuite vivent leur amour; tandis que j'avais, moi, le privilège d'un coup de foudre par minute et pas un instant pour savourer ce que les poètes appellent les joies de l'amour.

Ce matin-là, je m'étais levé tôt : de toutes mes habitudes, sans doute était-ce la seule qu'elle n'avait pu modifier. Elle avait transformé mes repas (pauvre Mariette indignée, révoltée mais silencieuse) en des pique-nique sur la pelouse, devant la terrasse où mon oncle Charles, en été, venait prendre son café. Elle avait chambardé en vingt-quatre heures mon bureau, changé les tables de place, posé son ordinateur à l'endroit où, durant quinze ans, j'avais vu mon oncle travailler et où son encrier, son sous-main, sa boîte à tabac et son cendrier étaient restés après sa mort à l'endroit exact où il les posait. Elle avait été chercher un guéridon dans la salle à manger, pour y entasser ces reliques, désormais exilées dans un coin. Elle avait entrepris de me convaincre que ma documentation devait être informatisée et que mes précieuses fiches dataient d'avant Gutenberg. Elle s'insinuait dans mon vocabulaire, changeait mes mots, détériorait ma syntaxe. Au lieu de lire dans mon lit, le soir, je caressais un corps de femme, je contemplais son visage, la douceur de ses paupières fermées, sans me décider à éteindre la lampe.

Mais la faculté qu'avait Sarah de tout bouleverser dès qu'elle paraissait n'était pas opératoire le matin. Elle n'était donc pas parvenue à me retenir au lit sinon les premiers jours. Il est vrai qu'elle était alors bien impuissante. Sa force de sommeil, la pesanteur de sa léthargie étaient proportionnelles à la légèreté de son être éveillé : et de l'un à l'autre, il n'y avait pas de transition. Elle parlait, riait, me posait une question : et avant que j'aie terminé ma réponse, il n'y avait plus personne pour l'entendre et je parlais tout seul. Le matin, les yeux fermés (ai-je jamais pu décider de ce que j'aimais d'avantage, de ses yeux ouverts, de ses coups d'œil en biais, mais directs comme des flèches, ou bien de ses paupières closes sous le sourcil, aussi douces que des caresses ?), les lèvres gonflées serrées contre son poing fermé, lorsque je l'effleurais d'un baiser léger avant de sortir, elle murmurait «je dors». Et c'était vrai : elle dormait. Elle faisait même mieux : elle semblait profiter du petit dérangement que, malgré tout mon soin, j'avais causé en sortant du lit, pour prendre conscience de son sommeil et se mettre en situation de le savourer davantage : son «je dors» était une profession de foi.

Comme chaque matin, j'avais donc traversé la chambre à pas de loup, pieds nus, mes pantoufles à la main. J'avais fermé la porte lentement en contrôlant la poignée de peur qu'elle ne grince. Je m'étais chaussé sur le palier et j'étais descendu à la cuisine. Mariette dormait encore à cette heure et son chat aussi. J'étais seul éveillé dans la maison, comme chaque matin à cette heure et depuis des années. Je m'étais fait une tasse de café, la seule chose que Mariette m'ait laissé faire : car le café réchauffé, disait-elle, n'est jamais bon. «Monsieur Pierre, si vous voulez boire votre café avant que je me lève, il faut le faire vous-même. Moi, j'ai mon âge, il faut que je dorme.» Je buvais ma tasse debout ou en marchant dans la cuisine, puis je m'asseyais à ma table et je me mettais au travail. Je savais que dans deux heures, ou dans trois, ou même plus tard, la porte s'ouvrirait très doucement, sans aucun bruit, et que Sarah entrerait, exactement semblable au tableau que j'aimais par-dessus tous les autres : parfois une serviette autour de la taille comme un pagne ou un sarong, mais le plus souvent rien du tout, aussi incongrue et aussi familière dans l'encadrement de la porte du bureau de mon oncle Charles que si la véritable Vénus de Botticelli était entrée en personne, faisant, comme son modèle, semblant de cacher ses seins avec sa main, toute rose comme elle, les yeux rêveurs comme les siens, encore tout attendris de ce sommeil qu'elle n'avait pas vraiment quitté.

– Tu es déjà levé, mon amour ? Je comprends pas comment tu tiens... Quelle heure il est ?

Et puis, d'un ton faussement boudeur de nymphe botticellienne :

– J'aimerais qu'un de ces quatre on se fasse une vraie grasse mat'. Mais à deux. Tu m'apporterais un plateau avec des croissants, tu te recoucherais et tu jouerais au boulanger jusqu'à midi.

Boulanger, c'était mon titre, c'était ma fonction. Nous n'avions pas tardé à découvrir la nature précise de notre plaisir d'avant-sommeil. Elle s'allongeait sur le ventre, la tête sur ses bras croisés, les yeux fermés, et elle livrait son dos à mes mains. Comment dire lequel de nos deux plaisirs dépassait l'autre ? Celui de mes doigts, de mes paumes ou celui de son dos, de sa nuque, de ses petites vertèbres que j'escaladais marche après marche et que je redescendais de l'index et du médius, au pas cadencé, ou au contraire chaloupant et clopinant, ou bien ma paume pétrissant longuement ses hanches moelleuses, sculptant en force ses épaules, modelant ses rondes-bosses, malaxant, travaillant, jusqu'à ce qu'un soir, sans ouvrir les yeux mais avec dans sa voix murmurée une sorte de pétulance qui m'aurait prouvé, s'il l'avait fallu, combien elle était éveillée et vivace dans cette apparente somnolence, elle m'ait lancé avec un faux accent provençal :

– Ô Boulanger !

J'avais ri, sans bien comprendre. J'avais senti l'allégresse de son ton, mais ma lenteur n'avait saisi qu'une allusion plaisante, Orane Demazis apostrophant Raimu dans un vieux film de Pagnol. Il avait donc fallu qu'elle répète :

– Ô Boulanger !

Puis, avec un petit rire dans l'arrière de sa voix, et toujours l'accent :

– Est-ce que je suis une bonne pâte ?

Dieu, que j'étais lent et lourd !

– Je lève ! Je lève ! Tu la sens lever, ta pâte, Boulanger ? T'arrête pas !

Ainsi, Boulanger était devenu mon nom et toutes les métaphores de la pâtisserie, notre langage amoureux, enrobé d'accent provençal.

Lorsque j'ai vu, ou plutôt deviné, peut-être à cause d'un bruit léger dans l'escalier qui aurait effleuré ma pensée et m'aurait fait lever les yeux, lorsque j'ai pressenti que la porte allait s'ouvrir, j'ai senti monter le petit souffle du bonheur que depuis deux heures j'attendais en faisant semblant de ne pas y penser. Après avoir bu mon café, je m'étais assis à ma table, j'avais ouvert un classeur et je m'étais mis au travail. Ce moment de solitude, chaque matin, était le seul qui eût encore quelque ressemblance avec ce que je pourrais appeler ma vie d'avant Sarah. Je retrouvais, non seulement mes occupations ordinaires, mais un rythme, une quiétude dans la manière dont se succédaient et s'enchaînaient mes pensées, une douceur du silence, qui me replongeaient dans ma manière d'être, oui, c'est cela : d'avant Sarah. J'examinais les fines griffures d'un dessin de Sebastiano del Piombo que je n'avais pu voir à Rome pour cause de désertion du savant colloque et dont je m'étais fait envoyer une reproduction. Je m'interrogeais sur ses rapports avec une fresque de la villa Farnesina, en me demandant si mon savant collègue y avait songé lui-même. Toutes mes vieilles habitudes avaient repris leur rythme. Bien entendu, c'était une illusion. À l'arrière-plan de Sebastiano, en imperceptible contrepoint sur le bonheur de respirer l'air de la Farnesina, flottait, comme une brume enrobant mes pensées, une autre vapeur heureuse, douce, paisible elle aussi, née de cette porte fermée dont je savais que tôt ou tard elle allait s'ouvrir, par surprise, heureusement par surprise. Cela aussi, c'était l'habitude. On s'habitue à tout : même à l'inattendu. J'étais en train de le découvrir à cause de la répétition, quotidienne, mais toujours imprévisible, de cette étrange, de cette invraisemblable apparition d'une jeune femme nue dans l'austère lieu de travail hérité de mon vieil oncle, dans lequel je perpétuais moi-même sa routine. J'étais en train d'apprendre que l'habitude, si elle rabote et lime le plaisir, peut aussi faire de lui comme un tissu uniforme sur lequel viennent se greffer d'exquis petits bonheurs en relief. Je travaillais, je ne pensais à rien d'autre qu'au dessin de Sebastiano del Piombo et à la fresque de Poliphème à la Farnesina, sans trop savoir ce que j'admirais le plus : leur beauté, ou mon astuce d'avoir su deviner en quoi l'un était la préparation de l'autre; mais je faisais tout cela dans la tiédeur douce d'un bonheur muet, lisse et onctueux, né de l'attente muette du léger bruit de la serrure, du mouvement de la porte en train de s'ouvrir et de ces mots : « Tu es déjà levé, mon amour ? »

La porte s'est ouverte. J'ai levé les yeux en souriant. Et Sarah m'est apparue, tout habillée : tee-shirt, jean, sandales, et ses cheveux tirés en queue de cheval, au lieu de l'auréole dorée et frisottée du matin. Ce sont eux qui m'ont étonné, plus encore que ses vêtements. Et dans ma surprise, c'est moi qui ai parlé d'abord :

– Sarah ! Que se passe-t-il ? Tu es habillée ?

Pour la première fois, c'est moi encore qui ai demandé :

– Mais quelle heure est-il ?

Elle n'a pas répondu. J'ai regardé ma montre :

– Dix heures ? Et déjà habillée !

À mesure qu'elle s'avançait vers moi, que la lumière de la fenêtre, face à ma table, glissait sur son visage, je découvrais ses traits tirés, une raideur sur sa bouche et dans ses yeux que le sommeil ne brouillait pas comme les autres matins, quelque chose que je ne savais pas lire. Et sa voix :

– Pierrot, je crois que c'est mieux comme ça. Il faut que je m'en aille.

Évidemment, je n'ai pas compris.

– Mais où vas-tu ?

– Je m'en vais.

– Mais pour quoi faire ?

– J'ai pas dormi cette nuit. J'ai réfléchi.

Pas dormi, Sarah !

Au milieu du branle-bas que ses derniers mots venaient d'installer en moi, d'incompréhension, de perplexité, d'un peu de crainte diffuse, voici qu'elle infiltrait aussitôt une envie de rire, comme si elle venait de dire une espièglerie. Ne pas dormir, Sarah ! Elle n'avait ni bougé, ni cillé, ni remué un doigt depuis l'instant où, avant d'éteindre la lampe, je l'avais effleurée d'une dernière caresse et où elle avait murmuré d'un souffle déjà tout embrumé : « Dors bien, mon amour, fais de beaux rêves… », tandis que je contemplais une fois encore son visage, sur lequel le sommeil avait déjà posé son masque moelleux. J'allais me mettre à rire en y songeant, mais elle me coupa :

– Oui, j'ai réfléchi, tu vois. C'est mieux comme ça. Il vaut mieux que je m'en aille. Depuis qu'on s'est disputé…

Là, j'ai sursauté.

– Disputé ? Quand est-ce que nous nous sommes disputés ?

J'avais encore en moi le reste de mon rire, qui n'avait pu exploser. Il s'en mêlait des bribes à mon désarroi. Elle, tout à coup raide :

– Tu te rappelles même pas ? Alors c'est tout l'effet que ça te fait ? Je te dis : toi et moi, on est à des années-lumière. Tu vois. Tu n'es pas méchant, d'ailleurs je t'aime, mais ce que je sens, ça te laisse froid. Tu t'en souviens même pas...

J'ai fait un grand effort de concentration pour me souvenir de notre discussion de la veille : mais ce n'est que très longtemps après son départ, bien après que le vrombissement de sa deux-chevaux eut cessé de résonner dans ma tête, que j'ai fini par entrevoir ce qui se passait dans la sienne. Au dernier moment, elle s'était retournée, elle avait laissé tomber son sac de voyage et avait collé sa tête contre moi :

– Pardon, mon Pierrot. Je t'aime bien, tu sais. Je te téléphonerai. J'ai pas envie de te quitter. D'ailleurs, je ne te quitte pas. Je veux seulement respirer un peu. Tu m'en veux, pour ce que je t'ai dit ?

Elle avait ajouté :

– Réfléchis. J'ai raison, tu sais.

Et puis, aussi brusquement, sans me regarder, elle avait ramassé son sac et elle était sortie.

Je n'avais pas eu la force de l'accompagner : j'étais resté dans l'entrée, j'avais entendu le bruit déjeté de la portière faussée de sa deux-chevaux, le crépitement du démarreur, une fois, deux fois, encore une troisième, comme si sa vieille voiture si amicale hésitait à lui obéir et n'avait pas envie, elle non plus, de partir; et puis non : le gros ronflement du moteur, en colère sous son pied. Et puis, decrescendo, jusqu'au silence. Et puis, dans le silence, le son des mots de Sarah. Dispute. Dispute. « Tu t'en souviens même pas ? » Quand nous étions-nous disputés ? Longtemps après, assis à ma table, les doigts posés sur le dessin de Sebastiano del Piombo, le son de sa voix allègre et leste rôdait autour de moi.

– Je comprends pas. Comment tu peux dire des choses pareilles ?

Ce qui pour moi était une discussion, pour Sarah, c'était une dispute. Et des discussions, Dieu sait si nous en avions eu, vives et rapides comme ses répliques, en six semaines : sur la maison, sur la vie, sur la place des choses, sur l'heure des repas, sur Mariette, sur Rome, sur l'histoire du monde, sur la littérature russe, sur la société, sur l'Éducation nationale, sur la politique, sur moi, sur elle. Mais dès que nous y mettions un peu de vivacité, aussitôt que je tentais de la convaincre que j'avais raison, ce n'était plus une discussion. C'était une dispute.

– Je comprends pas. Comment tu peux dire des choses pareilles ? Ton Mathias Grünenwald, bien sûr, il est Allemand. Et alors ? L'Âme allemande. Ouais : la sensibilité juive. Mais c'est du racisme, ça. Tous les Allemands ne pensent pas la même chose…

– Mais Sarah…

– Tu parles de Wagner comme si toute l'Allemagne se mettait à gigoter dès qu'on entend pam, pam, palam, pam, pam (elle se mettait à chanter *La Walkyrie*, mais comme on l'entend au cinéma, dans ce film, comment s'appelle-t-il ?). C'est fini tout ça, mon vieux. Tu retardes. Ces vieilles théories, c'est encore ton oncle qui t'a mis ça dans la tête.

– Mais Sarah, écoute-moi…

– J'en peux plus de ton oncle. Il t'a mis la cervelle en cage.

Une discussion, pour Sarah, cela engageait toutes ses forces. Nous en avions dix fois par jour, tous les jours. Elles étaient gaies, allègres, heureuses, même quand elles devenaient nerveuses. Sa vivacité, la mitraille de ses répliques avaient une faculté d'entraînement qui m'obligeait à sortir de mon propre rythme. Je passais mon temps à lui faire des cours magistraux, des conférences, des homélies qu'elle écoutait avec sur son visage une expression de ravissement qui me gonflait d'un mélange délicieux de tendresse et de complaisance pour moi-même. Qu'y a-t-il de plus beau au monde que ce que je ressentais alors : être un Pygmalion amoureux en train de semer des petites pâquerettes et de les voir fleurir sur le visage de celle qu'il aime, de mêler toute la science qui fait son orgueil au souvenir des baisers, des caresses et des murmures ? Tous les sujets qui constituaient ma vie, ma seule vie, ma seule pensée, ma seule occupation, ma passion, la beauté, l'art, je les répandais sur elle comme une crème solaire et je me délectais. Soudain, avec la vivacité et l'allégresse de son cœur, elle lançait son pétard et faisait exploser ma quiétude en même temps que ma rhétorique :

– Mais, Pierrot, tu dis que c'est un chef-d'œuvre. Moi, je veux bien. Mais si je l'aime pas, j'ai le droit, non ? Alors, c'est un chef-d'œuvre pour toi, pas pour moi. Un chef-d'œuvre, c'est quoi ?

Il me fallait repartir sur la définition du chef-d'œuvre ; et avant même que la dispute ait le temps de s'organiser, de mettre en place ses batteries, au milieu de son exposé, tout craquait :

– Mais, dis-moi, tu parles comme Hegel ! Écoute…

Elle bondissait, fouillait dans ses affaires, brandissait un livre avec un sourire de jubilation, se penchait sur lui d'un air tout à coup concentré, tout en le feuilletant :

– Attends, tu vas voir. Je te jure…

Je regardais sa nuque avec tendresse. Elle se redressait, auréolée de triomphe et me récitait des extraits de ses cours de philo.

– Je t'étonne ? Au lycée, j'étais bonne. J'avais même un peu honte, parce que je voyais mes copains bosser comme des malades, visage blême, parlant boulot entre chaque cours. Moi, je foutais rien et j'avais les meilleures notes. Il y a de l'injustice dans le monde. Ouais, je suis pas conne. Mais eux non plus, alors quoi ?

Que Sarah installe le désordre dans ma vie, j'avais fini par m'y habituer, et même très vite. J'avais pris goût à la nécessité d'être à chaque instant sur le qui-vive, prêt à faire face à l'inattendu, à la pantoufle toute seule au milieu du tapis (et je cherchais l'autre du regard : je ne voyais jamais l'autre pantoufle), à la question que rien ne laissait prévoir (vite, la réponse…), au livre que j'avais posé là, j'en étais sûr, et qui n'y était plus (mais je ne suis pas fou, c'est bien là que je l'ai mis. « Sarah ! Est-ce que tu as touché au livre qui était là sur la table ? »), même cela j'en étais venu à l'aimer, à le désirer, à attendre sans pouvoir prévoir le bonheur particulier qui allait arriver dans une minute. Moi, Pierre, le maniaque en second, il se pourrait qu'après six semaines de remue-ménage et de débâcle, j'aie aimé Sarah pour le dérangement qu'elle installait dans ma maison, dans ma vie et surtout dans ma tête : parce que c'était la transcription dans les choses et dans les pensées de l'allégresse de son âme. Les objets (un soir, Sarah : « Mais mon Pierrot, les objets inanimés, ouais, ils ont une âme, c'est lui qui l'a dit, mais ils ont pas de pattes ! »), ce n'était rien à côté de la pagaille qu'elle avait installée en moi et dont j'ai pris conscience lorsque la pétarade de sa deux-chevaux eut cessé de résonner, non pas à mes oreilles mais, longtemps après, dans ma tête. Le bruit de la deux-chevaux, c'était encore un coup de Sarah, la surprise absolue, radicale. Le silence qui suivit, c'était… quoi ? Le silence, tout simplement.

Le bruit que faisait Mariette en descendant l'escalier m'a fait revenir à moi. Elle heurtait les barreaux avec le manche de son balai, tous l'un après l'autre, pour nettoyer chaque marche. C'était le bruit du matin : l'entendre me confirmait que tout allait bien et, en distrayant mon oreille un instant, me signifiait que les choses étaient en ordre, que la poussière n'avait pas sa place dans le monde, que la vie, le temps, l'éternité, l'être, le néant, l'impératif catégorique, tout suivait son cours. Mariette ? Je l'avais oubliée.

J'ai baissé les yeux, j'ai retrouvé Sebastiano del Piombo, profil d'homme à l'œil pensif qui n'a pas l'air de regarder ce qu'il regarde, et j'ai pensé sans y penser : « Comme moi, exactement comme moi. » Puis j'ai répété à haute voix « exactement comme moi ». J'ai saisi la photographie, je l'ai déchirée, j'ai froissé les morceaux et je les ai jetés dans la corbeille à papier en disant « ciao ! ».

Presque du même mouvement, j'ai replongé ma main, rattrapé la boule de papier chiffonné, et tout en lissant la feuille avec ma paume, rajustant les découpures, j'ai continué à parler tout seul :

– Ça va pas, non ?

Puis, avec une espèce de rire gloussant :

– Je parle comme Sarah, maintenant.

Je ne me souvenais pas de m'être levé. Pourtant je marchais de long en large, en parlant :

– Qu'est-ce que ça veut dire : je parle comme toi ? Tu as un sacré culot de dire que mon oncle m'a mis la cervelle en cage. Qu'est-ce que ça veut dire, d'abord ? Je ne suis pas en cage. Je fais ce qui me plaît. Si je ne l'avais pas connu, mon oncle, qu'est-ce que je serais ?

Je tenais en main le pot à tabac de l'oncle Charles. J'avais été le chercher sur la petite table où, six semaines auparavant, Sarah l'avait exilé.

– Tu m'embêtes à la fin.

Je ne sais pas à qui je parlais. Sans doute à moi.

J'ai posé le pot sur la table, à sa place, puis j'ai retraversé la bibliothèque avec l'idée, je pense, d'aller chercher le cendrier qui, du temps de mon oncle, était toujours placé à côté : et c'est à ce moment que Mariette est entrée.

– Mademoiselle Sarah… Son placard est tout ouvert… Il est vide. Elle a emporté ses affaires ? Elle est partie ?

Le cendrier à la main, je lui tournais le dos. Je n'ai pas répondu : qu'aurais-je pu dire ? Je ne peux définir le ton exact avec lequel Mariette a repris : ironique ? maternel ? grondeur ? ému ?

– Pauvre monsieur Pierre…

J'allais me retourner : il fallait bien que je dise quelque chose. Elle ne m'en a pas laissé le temps.

– Je n'aimais point beaucoup ses manières, mais elle était gentille… C'est comme sa maman.

Quand une pensée, une idée, une phrase, un mot, me saisit trop rudement, cela creuse en moi un trou noir qu'il me faut combler avant que la circulation de mon sang et de mes neurones se remette à fonctionner. J'ai un mot pour cela : coi. Il me convient. Il est fait à ma mesure. Je reste coi.

J'ai pris le temps de me retourner et de regarder Mariette, dans l'encadrement de la porte, son balai à la main.

– Sa maman ? Vous avez connu sa maman ?

Elle a émis le petit grelot de son rire, posé les deux mains sur son balai.

– Si je l'ai connue… Ça fait un bout de temps, mais je n'ai pas eu trop de mal à m'y retrouver… C'est la seule femme qui soit entrée dans cette maison, à part moi. Ils se disputaient tout le temps, mademoiselle Judith et monsieur Charles. Tout le temps.

Se disputer ? L'oncle Charles ? J'ai bredouillé à mi-voix : « Mais qu'est-ce qu'elle raconte ? »

– Ça faisait un chambard pas possible dans la maison. Alors vous savez, mademoiselle Sarah, elle était pas là depuis une minute que je savais bien d'où elle venait. J'ai pas eu besoin de la regarder à deux fois. Je me suis dit : alors ça, monsieur Pierre, il suit les traces de son oncle comme un chaton derrière sa maman…

C'est à cet instant-là qu'avec six semaines de retard j'ai compris le regard de Mariette, le premier jour, lorsque Sarah était entrée dans la cuisine : Mariette regardait Sarah et elle voyait Judith ! Rien ne me serait épargné. Rien. Elle souriait, maintenant, en me regardant :

– Pauvre monsieur Pierre… J'ai l'oreille dure, mais je peux dire que quand je vous entendais vous disputer avec mademoiselle Sarah, j'avais quelquefois envie de rigoler. Ça recommence, je me disais. Et ceux-là, ils sont jeunes ! Alors, elle est partie ? Je crois bien qu'elle va me manquer, malgré sa pagaille. Pauvre monsieur Pierre, elle va vous manquer aussi. Pauvre monsieur Pierre...

Elle hochait la tête en me regardant.

– Attendez, je vais vous faire un peu de café.

Elle s'est retournée, mais je l'ai arrêtée.

– Mais enfin, Mariette, pourquoi ne m'avez-vous jamais rien dit ?

– Et qu'est-ce que je vous aurais dit ? Je me suis dit : mais où c'est qu'il l'a dénichée, cette petite ? Et puis vous ne me disiez rien non plus, vous.

Elle s'est retournée et d'autorité a fermé la porte.

J'étais à nouveau assis à la table. Le pot à tabac de l'oncle Charles était devant moi. Je le regardais. Pendant des années, je l'avais laissé à sa place, jusqu'à ce que Sarah vienne le déranger. J'ai soulevé son couvercle de faïence bleue. Quelques miettes de vieux tabac tapissaient encore le fond. Je l'ai pris en main et porté à mon nez. Plus d'odeur. Plus rien. Et puis, lorsque j'ai fermé les yeux, un instant, quelque chose de très lointain, un arrière-effluve presque imperceptible, doux, mielleux et rauque à la fois. Était-ce mon nez qui sentait, ou ma mémoire qui s'inventait un souvenir ? J'ai reposé le couvercle sur le vieux pot (faïence de Bavière, XVIIIe siècle...), lentement, en tenant sa minuscule poignée entre mon pouce et mon index. Couvercle. Oncle, Mariette, Judith, Sarah. Est-ce que le parfum enfermé résiste au temps? Dans le carnet, oui. Encerclé. Tout se refermait et s'ajustait dans le moindre détail. Ainsi, mon oncle Charles se disputait. Des disputes, ou des discussions? Je me suis mis à rire : jamais, jamais, jamais dans sa bouche je n'avais entendu un mot plus haut que l'autre. Ses paroles étaient comme son écriture : une lettre, puis une autre, un mot, un espace, un autre mot, une ligne et, dans une rectitude parfaite, absolue, définitive, juste au-dessous, l'autre ligne, sans rien qui dépasse.

J'ai ouvert le tiroir, j'ai pris son carnet pour regarder une fois encore la trace de sa main sur le papier. J'ai fait glisser les pages sous mon pouce en cueillant les mots, «Scuola di San Rocco», «San Zaccharia», «Rezzonico», et cette phrase que je n'ai pas eu besoin de lire, celle qui a traversé ma mémoire de cette manière vaporeuse, musicale, extérieure aux mots, qu'ont les vieilles phrases, les vieux proverbes, ou les vieux poèmes qu'on savait par cœur autrefois et qu'on ne s'est plus récités depuis des années : «Je ne retournerai jamais à Venise...» Et puis sous mon pouce sont arrivées les pages blanches, celles sur lesquelles mon oncle n'avait rien écrit. J'ai pris mon stylo et j'ai commencé, sur la première de ces pages blanches.

Oncle Charles.

Est-ce que c'est vrai que vous m'avez mis la cervelle en cage ? Je ne peux plus effleurer le souvenir de Sarah sans que cette sentence proférée par elle me revienne à l'esprit.
D'ailleurs, la cervelle en cage, qu'est-ce que ça veut dire ? Que je ne peux plus penser et que c'est vous qui m'en empêchez ? Et Sarah ? Ma geôle dorée, ma taule d'amour ?
Vous voyez, mon pauvre oncle, je ne peux écrire que des sottises, je suis en train de profaner votre petit carnet. Si je vous avais dit une pareille imbécillité, vous m'auriez regardé en silence, par-dessus vos lunettes, et j'aurais parfaitement déchiffré votre sourire : « Réfléchissez un instant, mon petit. » Toutes les nuances de votre sourire, je les connaissais. D'ailleurs, j'aurais aussitôt remarqué

une légère rétractation sur vos lèvres qui aurait signifié : « Et puis, Pierre, exprimez-vous plus correctement. » Car, disiez-vous, on peut se permettre un déraillage momentané de la pensée ; mais de la grammaire, jamais.

Regardez ce que je suis devenu, mon oncle. Je commence à écrire, je me crois sérieux (oh, je le suis, je suis terriblement sérieux, ce matin, croyez-le), mais à peine ai-je tracé deux lignes, que je me mets à batifoler. J'esquive. J'évite, j'élude. Je fais des détours lorsque je pressens que je vais penser. Grave, non ? Vous avez raison : je commence à parler comme Sarah, depuis qu'elle n'est plus là. Car elle n'est plus là, mon oncle, elle n'est plus là. Qu'est-ce que ça veut dire, la cervelle en cage ? Est-ce qu'on meurt d'être en cage, comme l'oiseau de la petite fille que vous aviez baptisée Margreet, et dont vous ne m'aviez pas dit le nom ? Et pourquoi ne me l'avez-vous pas dit, à moi ? Est-ce que vous me jugiez trop lent, ou trop raide, ou trop borné, pour vous comprendre ? Je ne sais pas si j'étais en cage, mais vous, pourquoi vous cachiez-vous de moi si soigneusement ?

Ah, je vous revois, oncle Charles. Indéfiniment, vous me parliez du bleu Chardin, vous dissertiez sur la manière dont ce vieux bonhomme, avec ses besicles et sa toque blanche, étale son bleu et le fait fondre dans tout l'espace de son tableau. Vous me disiez : « Regardez, Pierre, il y a du bleu partout, jusque dans le fond brun, jusque sur la joue rose de la maîtresse d'école, jusque dans ses cheveux blonds. » Et moi, je vous écoutais et je vous admirais. Allez-vous me dire que je ne comprenais rien ? J'ai acquis en vous écoutant la religion du bleu Chardin. Je buvais vos paroles. « Une parole, Pierre, comme n'importe quelle œuvre d'art, n'existe qu'à la mesure de celui qui l'écoute. Il y a autant de *Cinquième Symphonie* que d'auditeurs. Elle peut être grandiose ou ridiculement étriquée : Beethoven n'y peut rien. Le plus grand orateur du monde n'a jamais prononcé que les mots que la plus sotte des dévotes au pied de la chaire a pu comprendre. Le reste, c'est du vent. » Est-ce à moi que ces mots s'adressaient ? Qu'est-ce que je comprenais, quand vous parliez ? Vous

me parliez de *La Pourvoyeuse* : oui, je voyais bien son tablier bleu. Et la robe bleue de *La Jeune Maîtresse d'école* devant laquelle vous m'avez tenu en haleine si longtemps, cet après-midi d'hiver triste où nous grelottions à la National Gallery. Vous étiez lyrique. Mais de quoi ? Lyrique du bleu Chardin ? C'est ce que je croyais. Vous me racontiez le dialogue du bleu et du brun profond. « Comment est-ce possible ? », disiez-vous. « Et ce blanc, qui n'est pas du blanc, mais l'apparition, la révélation (et dans votre élan lyrique, vous disiez en grec « l'épiphanie ») de toutes les couleurs secrètes qui, ailleurs, sont saturées d'elles-mêmes. Dieu a inventé le blanc, et Chardin est son prophète. »
Voilà, mon oncle, je vous ai retrouvé. Je parle comme vous, maintenant, sans faute de grammaire. Je transcris vos phrases sur votre carnet et je viens de m'attendrir en les écrivant, au souvenir de votre sourire, de votre science, de votre amour des belles choses et du bleu Chardin. Ai-je bien compris ce que vous disiez ? Ou ne suis-je qu'une dévote bornée au pied de la chaire qui n'a saisi que l'écorce et desséché le sens

pour le mettre à la mesure de son esprit? *La Jeune Maîtresse d'école* n'est-elle que le dialogue du bleu, du blanc et du brun, ou faut-il que je la baptise et que je lui invente une histoire?

Pardon, mon oncle. Je batifole encore. C'est votre carnet qui me fait remonter à l'esprit ces moments où nous parlions peinture et où j'étais heureux. Sarah est partie et je ne suis pas heureux. Qu'est-ce que vous avez à me répondre? Car Sarah n'est pas seulement partie. Elle est partie en vous accusant. Vous. Pourquoi est-elle partie? Parce que nous nous disputions? Vous savez très bien que non. D'ailleurs, vous en faisiez autant. Mais Judith ne vous a pas quitté : vous l'avez quittée, vous. Vous l'avez écrit vous-même. De quoi vous plaignez-vous? La douleur qui émane de ces pages que j'ai lues, elle me touche autant qu'elle m'a surpris, puisque vous n'en laissiez rien paraître ou que j'étais trop fruste, ou trop naïf, ou trop léger, insignifiant, superficiel, pour la deviner. Mais à qui vous en prendre, mon oncle, à qui vous en prendre? De quoi vous plaignez-vous? Vous avez aimé la peinture pendant un mois : dans dix secondes je retrouve la page où vous l'avez écrit. Pourquoi un mois ? Qui l'a voulu ? Mon oncle, je ne comprends rien. Je ne comprends plus. Je vous ai vu, dans vos derniers jours. Je vous ai vu sur votre lit d'hôpital, celui dont je ne savais pas, dont je n'avais deviné qu'il serait votre lit de mort. Jamais, pas une fois, vous n'avez parlé de votre mort. Pas plus que vous ne vous plaigniez de votre souffrance. Vous répandiez une sorte de paix, dont je croyais qu'elle était celle de votre âme. Mais je ne peux plus savoir ce qu'il y avait dans votre âme. Je ne vous ai pas vu mourir : mais j'ai vu votre mort dans les yeux de cette infirmière blonde qui vous faisait souvenir des portraits flamands que vous aimiez, et par laquelle vous m'avez donné votre dernier cours d'histoire de l'art. Vous l'aviez touchée, elle, justement, par votre sérénité, par cette douceur calme qui émanait de vous un quart d'heure avant que vous ne fermiez votre livre et posiez vos lunettes pour mourir. Où cachiez-vous cette douleur que j'ai lue sur les pages de ce carnet, et dont

vous ne manifestiez rien, ni sur votre visage ni dans vos paroles ? Quand vous avez fermé votre livre et posé vos lunettes après avoir fini votre chapitre, pensiez-vous encore avoir raté votre vie ? Judith vous aimait, mon oncle. Trente ans après, elle vous aime encore. Pourquoi l'avez-vous laissée avoir un enfant d'un autre homme ? Je ne comprends rien. Moi, Sarah m'a quitté, et elle l'a fait en vous jugeant. En vous accusant.
Je vous en veux, mon oncle, parce que vous m'avez mis la cervelle en cage et je ne sais pas ce que cela veut dire. Vous avez raté votre vie ? Dites : est-ce que je suis en train de rater la mienne ? Quelqu'un qui me regarderait maintenant, et qui aurait appris de vous comment on regarde un visage, saurait-il me dire ce que je serai dans trente ans ? Est-il écrit sur mon visage : voilà le raté de sa vie ? Qu'est-ce qu'on lit sur ma figure ? Qu'est-ce que je suis maintenant ? Hier, je savais. Non : je croyais savoir. Nuance. Il reste quatre pages blanches sur le carnet, mon oncle. Ce n'est pas beaucoup. Et les graphologues ? Qu'est-ce qu'ils racontent,

les graphologues? Qu'est-ce que mon écriture a à voir avec celle de mon oncle? Quinze ans de déchiffrage de pattes de mouche. Cela me simplifiait la tâche : jamais un mot devant lequel on puisse hésiter, jamais une lettre qui dépasse, jamais une question à se poser. Tout est clair, net, limpide. Et qu'est-ce que je comprends? Rien. Je regarde Judith avec des yeux ronds. « Vous connaissez *La Petite Fille à l'oiseau mort*? Elle s'appelle Margreet. » Et alors? « Mais, Pierre, vous n'avez rien compris. Votre oncle était un romancier. » Oui, je sais : un homme très touchant, vous l'avez dit. Et moi, nom de Dieu, et moi? Écoutez, Judith, je suis en train de saccager le carnet de mon oncle à cause de votre fille, votre gentille petite Sarah, qui est partie il y a deux heures sans me dire pourquoi, et pas à cause des disputes. Les disputes, Mariette sait de quoi il retourne, et vous aussi. Alors, foutez-moi la paix. Je ne vais pas...

Mariette est entrée, portant un plateau, un torchon sur le bras.

– Voilà votre café.

Elle regardait à droite et à gauche, d'un air faussement indifférent, en posant le plateau sur ma table.

– Faut pas vous ronger les sangs, monsieur Pierre. Ah ! les filles... Elles font souvent bien du mal sans s'en rendre compte... Monsieur Charles, quand mademoiselle Judith l'a quitté...

– Écoutez, Mariette, ne me parlez pas de tout ça maintenant. Et puis d'abord, ce n'est pas Judith qui a quitté mon oncle, mais lui.

Elle me regardait avec gentillesse tandis qu'elle traversait la pièce en portant son plateau et ma tasse, et même des petits biscuits qu'elle avait ajoutés pour aider ma peine. Mes derniers mots l'ont surprise alors qu'elle se penchait vers ma table. Elle s'est redressée.

– Comment, c'est lui ?

Son regard était indigné, avec une violence que je crois bien ne lui avoir jamais vue.

– Et d'abord, comment vous le savez ? Vous n'étiez point là, vous.

Moi :

– Bon, écoutez, Mariette, s'il vous plaît, laissez-moi un peu tranquille. Je n'ai pas envie de parler. Merci pour le café, c'est très gentil.

Elle est sortie en grommelant quelque chose. Elle a fermé la porte avec vigueur et a dit, de l'autre côté, assez fort pour être certaine que je l'entende : « Lui, au moins, il me parlait poliment. »

Même Mariette me détestait.

J'ai fermé le carnet. S'il y avait eu du feu dans la cheminée, peut-être l'aurais-je brûlé.

C'est pendant le long, l'interminable colloque d'histoire de l'art à la Neue Pinakothek de Munich que j'ai pris la mesure des choses. Je m'y étais rendu avec, je l'ai compris là-bas, un sursaut de ce qu'on appelle la raison, et qui n'était en fait que mes habitudes, mes penchants, mon goût, les chemins balisés de ma pensée quotidienne. Tout était fait pour m'intéresser : et lorsque ce professeur de l'Université de Heidelberg annonça, puis démontra comment il avait pu déterminer avec certitude l'identité de la *Femme au manteau noir* du musée de Vienne, j'ai pu croire un moment que j'allais retrouver mon ancienne passion. Il avait une manière de raconter sa découverte, comme une espèce d'Hercule Poirot, présentant chaque hypothèse comme vraie, sûre, définitive, pour aussitôt la démolir et la remplacer par une autre, qu'il réduisait à néant avant d'arriver à sa conclusion : oui, messieurs, la femme au manteau noir, c'est la même femme que la Madeleine du *Noli me tangere* de Londres, que la femme debout du *Concert champêtre* du Louvre… Un moment, grâce à cet universitaire doublé d'un détective, j'avais ressenti du plaisir à me trouver au milieu de ces collègues rencontrés vingt fois, à Vienne, à Rome, à Saint-Pétersbourg, à Washington, à Londres, souriants, polis, aimables, parlant entre eux avec toute la compétence imaginable et dont certains étaient devenus presque des amis. Nous parlions de choses que nous aimions, nous nous offrions les uns aux autres de menus plaisirs, nous échangions des petits signaux de connivence (« Ne le répétez pas, cher ami, je vous le dis en confidence : je suis sur la piste d'une trouvaille… Devinez quoi… »). Parmi eux, autrefois, mon oncle avait brillé.

Mais très vite j'étais retombé dans mon atonie. Mon esprit restait à la traîne, non pas indifférent, mais engourdi. Aussitôt, arriva l'ennui qui, insensiblement, se transforma en une sorte d'agacement. Quelque chose se crispait en moi, sans raison. Cette assemblée savante de notables de l'art, ce consistoire, où mon oncle était autrefois admiré et où j'avais aimé qu'on l'applaudisse, où j'avais commencé à mon tour d'être remarqué, me paraissait un monde lointain, comme si un écran cotonneux m'en séparait. Cela se déroulait devant moi comme un mauvais film qui me raconterait une histoire à laquelle je ne croyais pas et qui, peu à peu, me remplissait d'aigreur.

Dès le second soir, au lieu d'accompagner mes collègues dans l'un de ces restaurants munichois où il est presque impossible de ne pas se laisser prendre par l'animation gaillarde et la bonne humeur, je m'étais réfugié dans ma chambre d'hôtel, j'avais regardé la télévision allemande et je m'étais endormi de dégoût et d'ennui sans avoir lu une ligne du livre que j'avais emporté.

Le dernier jour, j'avais poussé l'acrimonie jusqu'à m'inventer une fausse raison de ne pas prendre le même train que mes collègues rentrant à Paris : la pensée d'être prisonnier pendant plusieurs heures dans un compartiment, sans une minute où je n'aurais pas à sourire, à répondre à des questions, à faire semblant (semblant de quoi ? d'être heureux ? d'être gai ? d'être amical ?) m'avait été insupportable. J'ai erré un moment dans les vieux quartiers entre la Marienplatz et la Frauenkirche en attendant le train suivant, et j'ai fait ce qui était inévitable dans cette ville : je suis entré dans une taverne, bruyamment cordiale et enfumée, où l'on m'a apporté une de ces énormes chopes de bière de printemps que l'on boit à Munich en riant fort avec ses amis. J'étais le seul à être seul.

C'est la première gorgée de Maibock, rude, âpre, amère, violente, qui m'a révélé la vérité sur moi-même. C'était moi, moi seul, le fond de moi, qui était aigre. C'était moi qui étais acrimonieux et acide. J'ai prononcé, à mi-voix : « rance ». J'ai avalé quelques gorgées de bière et je me suis mis à rire en constatant que je prenais plaisir à ce venin. J'avais levé ma chope à hauteur de mes yeux et j'ai croisé le regard de mon voisin de table. Je lui ai dit, sans parler : « Regarde-moi, vieux, comme je suis méchant », et j'ai commencé à faire défiler dans ma tête le cortège des savants, des importants que j'avais côtoyés pendant quatre jours, et je les ai aspergés de ma bière amère. Pauvres gens. Ils se succédaient à la tribune, bardés de leur savoir, fortifiant l'un après l'autre le minuscule territoire de leur compétence exclusive, défendant avec un sourire crispé contre les possibles incursions de leurs collègues le pré carré, le bien-fonds, le district réservé dont ils avaient le privilège immunitaire. Je les entendais. « Cher ami, comment pouvez-vous affirmer que ce dessin de Sebastiano del Piombo est bien celui qu'il a présenté pour le projet du triptyque de San Giovanni e Paolo, alors que j'ai démontré (démontré !) il y a trois ans que ce peintre était absent de Venise à cette date ? » « Mais enfin, mon cher, si Lorenzo Lotto a peint ce tableau en 1500 et non en 1506, cela va vous obliger à reconsidérer toute la première partie de sa carrière : or on ne le peut pas, faute, vous le dites vous-même, du moindre document fiable… » J'avalais encore une gorgée de bière forte, je ricanais silencieusement et je me répétais : c'est moi qui suis méchant. Je regarde ces gens comme s'ils étaient des pantins, des ridicules. Mais qui est le pantin ? C'est moi qui suis insociable, invivable, désagréable, insupportable, intolérable : et je me suis mis stupidement à me réciter une litanie d'adjectifs en *able*, capables, oui, capables de rendre compte de ma pitoyable, oui, pitoyable débilité. Et puis : qu'est-ce qui me prend ? Qu'est-ce que je suis, moi ? J'ai vidé ma chope, je me suis levé, j'ai dit à mon voisin, qui me regardait toujours : « Au revoir, monsieur », en haut et intelligible français, et je suis sorti.

La somnolence de ce voyage en train que j'avais voulu solitaire ne fit que transformer cette aigreur en une lassitude du corps, de mes mains qui pianotaient sur le livre que je n'ouvrais pas, de la pensée. En fait, je ne pensais pas. Des bouffées me traversaient, m'effleuraient et s'évaporaient sans que j'aie même cherché à les fixer. J'ai fini par m'assoupir vraiment, comme fatigué d'être. La porte automatique du wagon m'a fait tressaillir et ce qui m'est venu à l'esprit m'a prouvé que je n'avais pas cessé de penser tout en dormant : « Qu'est-ce que je vais devenir, si ce que j'ai aimé, ce qui a été ma vie, ma seule vie, si même la peinture et la beauté et l'art ne m'intéressent plus ? Je ne suis rien. » Puis, réveillé : « Bien entendu, je vais continuer à travailler. C'est mon métier. Je le faisais bien, mais… Mais quoi ? » Silence. « Ai-je fait fausse route pendant vingt ans ? Est-ce l'oncle Charles qui m'a mené en bateau ? » – « Pierre, vous rangerez cette note dans le dossier "Van Dyck à Gênes". Merci, Pierre… » Tant d'années. Qu'est-ce que c'est, le bonheur ?

J'aimais mon vieil oncle. J'aimais le travail que je faisais avec lui. J'aimais sa manière d'être. J'aimais être le maniaque en second. J'aimais sa maison : ma maison. Qu'est-ce que ça veut dire « me mettre la cervelle en cage » ? Est-ce que j'aimais mon oncle parce que j'aimais l'art ? Ou bien est-ce sa science qui m'a fait illusion, ou qui m'a… Ou bien quoi ?

Je me suis réveillé à nouveau, sans avoir senti que je m'endormais, avec la fin d'une phrase dans ma tête : «… et qui ne suis même pas capable de vivre avec une femme, pas même assez intéressant pour qu'elle ait envie de m'aimer plus de six semaines».

Je me suis levé, j'ai traversé les wagons jusqu'à la voiture-bar et j'ai demandé une bière. On m'a tendu une canette en aluminium : j'ai bu et je l'ai trouvée insipide; évidemment, après celle de Munich. Fade. Nulle. Comme moi.

Gare de l'Est, j'ai repris ma voiture et je m'efforçais au milieu des encombrements de rejoindre les calmes confins de la Brie, où mon oncle Charles avait choisi d'aménager sa vie dans cette vieille maison austère comme les dignes rentiers qui l'avaient jadis édifiée à leur image et qu'il avait peu à peu adoucie, sans lui ôter sa gravité, à l'aide de livres, de bibelots, de tableaux et, peut-être, par son sourire.

Je n'ai jamais conduit très vite sur les routes. Celle-ci fait exception. Les derniers kilomètres, les derniers tournants parmi les champs et les bosquets, je les connais par cœur : ils me paraissaient interminables, dans la hâte où j'étais de retrouver cette demeure (comme ce mot lui va bien…), que je continuais à appeler la maison de mon oncle, bien qu'elle fût mienne depuis cinq ans, par héritage. Mais un héritage est un héritage. Celui dont on hérite reste le propriétaire. C'est lui qui est présent. Cette maison, ma maison, tellement trop grande pour moi, restait celle de mon oncle. Je n'étais qu'un héritier. Héritier de quoi ? Une maison, des tableaux, de beaux meubles, des milliers de livres, des milliers de pages, une vie de travail. « Qu'ai-je fait de ma vie ? », avait écrit l'oncle sur son carnet. Je me récitais ces mots en conduisant, de tournants en tournants, de villages en hameaux. Une vie de travail, pour à la fin écrire : « Qu'ai-je fait de ma vie ? » Pauvre oncle. Est-ce de cela aussi que j'étais l'héritier ? Une vie de travail, et puis : « J'ai eu pendant un mois la passion de la peinture. » Lui, un mois. Moi, six semaines ? Qu'est-ce qu'une femme dans une vie ? Un mois, six semaines. Depuis la gorgée de bière fade dans la voiture-bar, je ne cessais de rouler dans ma mémoire des tronçons de phrase, celles justement que jamais je n'aurais imaginé entendre dans la bouche de l'oncle Charles, et que pourtant j'avais lues, écrites de sa main circonspecte et scrupuleuse. « C'est commencer à ne plus aimer. » « J'ai eu la passion de la peinture pendant un mois. »

Quand je quittai la route, il me restait ce long chemin de terre rectiligne bordé de petits ormes comme on aimait au XIXe siècle et tout au bout, dans la perspective, j'apercevais la maison de mon oncle, je veux dire la mienne. Pas une seule fois je n'ai parcouru ces cinq cents derniers mètres sans une sorte d'allégresse. Cette ligne droite, cette procession de petits arbres ronds, à droite et à gauche, avec au bout la façade noble et simple, de vieilles briques, de vieilles pierres, de vieilles tuiles, oui, je le sais bien : on pourrait taxer cela de rétrograde, d'obscurantiste, hors de la vie, hors du cours des choses, immobiliste, passéiste. Je déclinais cette fois ma litanie d'adjectifs en *iste*, en me disant : pourquoi lutterait-on à tout prix contre le bonheur ?

Je n'ai pas vu tout de suite. Au bout de l'allée, au pied du perron, encadrée par la perspective des ormes puis, tout au bout, par les rhododendrons en fleurs, toute ronde, plantée comme un chou pommé, j'ai aperçu la deux-chevaux verte.

Les mises en scène conçues, aménagées, réglées, agencées par Sarah, on ne pouvait pas s'y habituer. Je le savais. Elle utilisait toutes les complicités imaginables : même celles du hasard, du temps qui passe, de la fatigue, de la solitude, du vide. Elle s'en servait pour amplifier les contrastes et pour redoubler les effets de choc. Je le savais, je le savais. J'ai freiné trop violemment et ma voiture a patiné sur le gravier avec un bruit d'avalanche.

Sarah sortait déjà sur la terrasse, avant que j'aie eu le temps de gravir le perron. Elle me regardait et s'est mise à rire lorsque j'ai manqué l'une des marches : mais d'un rire timide, que j'ai vu sur ses lèvres sans l'entendre.

Nous n'avons pas dit un mot, pas même bonjour. Elle s'est collée contre moi, ou moi contre elle, je ne sais plus. J'ai mis ma main sur sa nuque, j'ai caressé ses cheveux et nous sommes restés longtemps sans bouger. Je regardais derrière elle la porte ouverte, puis j'ai fermé les yeux, sans penser. Quelle capacité de vide j'avais acquise en quelques jours... C'est elle qui a parlé la première, d'une voix que je ne lui connaissais pas, timide, presque tremblante, un murmure.

– Pierre...

J'ai répondu : « Chut... » Je caressais sa nuque et ses cheveux doux. Elle s'est laissé faire et puis a pris mon autre main et l'a mise sur son ventre.

– Pierre, je suis enceinte...

Jamais, jamais, pas une seule fois, je n'aurai donc réussi à devancer d'une demi-seconde ce que Sarah allait me dire. Jamais je ne serai parvenu à prévoir, à deviner, à gagner de vitesse, à me trouver prêt à temps. Mais les surprises de Sarah étaient toujours rapides, nerveuses, délurées ; elles éclataient comme des escarbilles, crépitaient durant une seconde et s'éteignaient aussitôt dans la cascatelle de son rire. Celle-ci devait donc être la surprise de la surprise : celle qui glissa sur ma poitrine avec le chuchotement de sa voix, s'insinua entre les mailles de mon pull-over et de mon écharpe blanche et pénétra en moi sans bruit, comme une souris.

Je caressais ses cheveux. Elle ne bougeait pas. La joue contre ma poitrine, elle maintenait ma main sur son ventre. J'ai fini par dire, à mi-voix, moi aussi :

– Mon Dieu, Sarah... Nous avons fait ça ?

Je ne sais pas exactement ce que je voulais dire. C'était ma stupeur qui parlait. Et à peine avais-je parlé qu'à cette stupeur s'est ajouté quelque chose comme de l'embarras ; j'avais peur de ne pas dire ce qu'il fallait ou qu'elle ne comprenne pas ce que j'allais dire, que mon effarement lui fasse croire que... que quoi ? J'ai murmuré :

– Tu es heureuse ?

Et je me suis renfoncé dans mon trou noir en pensant avoir dit une autre bêtise.

Elle n'a pas répondu. Du moins, pas avec des mots : mais sa main a commencé à faire mouvoir la mienne, en spirale, et elle s'est mise à caresser son ventre avec ma main.

Je suis un rabâcheur de litanies. Le trouble, l'émotion inattendue, le désarroi bourrent mon crâne de coton et, dans la brumasse, je récite.

Je récitais : « Nous avons fait ça ? » Ma phrase serpentait tortueusement et silencieusement en se cachant dans les mousses et les feuilles mortes. Nous nous taisions.

J'ai senti la tête de Sarah se retourner contre ma poitrine. Joue gauche. Joue droite. La main qui caressait sa nuque s'est retrouvée contre ses lèvres. Elle a murmuré dans ma main :

– Si tu y tiens absolument, on l'appellera Charles.

J'avais deviné depuis longtemps qu'il y avait chez Sarah une sorte de génie : mais je ne l'avais pas réellement mesuré avant cette minute, cette seconde-là. Non seulement elle devinait ce qu'on pensait, mais elle devinait ce qu'on n'avait pas encore réussi à penser. Quand on croyait qu'elle sautait du coq à l'âne, c'est simplement qu'elle avait brûlé les étapes, et qu'elle posait une question qui résultait de la réponse à la question que l'on ne s'était pas encore posée. Moi, je retournais dans ma tête « nous avons fait ça ? », sans même comprendre ce que cela voulait dire. Elle, sans rien savoir de ce que je savais, en était déjà à penser à ma place : « Ce que l'oncle Charles a raté, nous on l'a fait. »

J'ai presque tremblé. Je ne sais si, après quelques secondes, j'aurais retrouvé assez de calme pour ouvrir la bouche et dire quelque chose, je ne sais quoi, avec des mots. Elle ne m'en a pas laissé le temps. Sans bouger la tête, sans bouger les lèvres de dessus ma main, elle a dit avec un petit frémissement de gaieté dans sa voix :

– Mais jure-moi, jure-moi que quand tu le verras pour la première fois dans son berceau, tu ne me diras pas qu'il ressemble au petit Jésus de Van Eyck au musée du Louvre.

Ce petit Jésus, je le connaissais. Elle l'avait mis en fond d'écran (c'étaient ses mots) sur son ordinateur et il apparaissait aussitôt qu'elle le mettait en marche. C'est le plus déluré, le plus coquin, le plus rigolard de tous les petits Jésus qu'on ait jamais peints. Il n'est pas de Van Eyck, mais de Van der Weyden. Il n'est pas au Louvre, mais à Bruges. Ce n'est pas grave.

J'ai répondu dans ses cheveux.

– Promis.

Cet ouvrage a été composé en Caslon par Palimpseste à Paris

Impression réalisée sur CAMERON par
BRODARD ET TAUPIN
La Flèche

pour le compte des Éditions Fayard
en décembre 2003

Imprimé en France
Dépôt légal : décembre 2003
N° d'édition : 42617 – N° d'impression : 21836
ISBN : 2-213-60993-4
35-33-1193-05/8